DREAMBOOKS

무당신마 武當神魔

양경 신무협 장편소설

9

ORIENTAL FANTASYSTORY & ADVENTURE

dream
books
드림북스

무당신마 9

초판 1쇄 인쇄 / 2016년 1월 22일
초판 1쇄 발행 / 2016년 2월 5일

지은이 / 양경

발행인 / 오영배
책임편집 / 편집부
펴낸 곳 / (주)삼양출판사 · 드림북스

주소 / 서울시 강북구 도봉로 173
대표 전화 / 02-980-2112 팩스 / 02-983-0660
편집부 전화 / 02-980-2116 팩스 / 02-983-8201
블로그 / blog.naver.com/dreambookss

등록번호 / 제9-00046호
등록일자 / 1999년 3월 11일

ISBN 979-11-313-0497-6 (04810) / 979-11-313-0209-5 (세트)

이 도서의 국립중앙도서관 출판시도서목록(CIP)은 서지정보유통지원시스템홈페이지
(http://seoji.nl.go.kr)와 국가자료공동목록시스템(http://www.nl.go.kr/kolisnet)에서
이용하실 수 있습니다. (CIP제어번호: 2016001326)

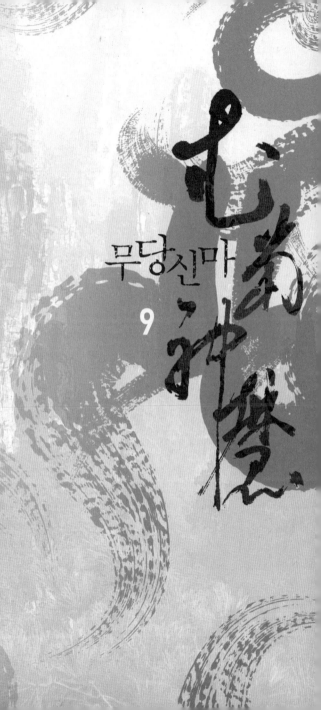

양경 신무협 장편소설

ORIENTAL FANTASYSTORY & ADVENTURE

무당신마

9

dream
books
드림북스

목차

巫堂神馬

무당신마

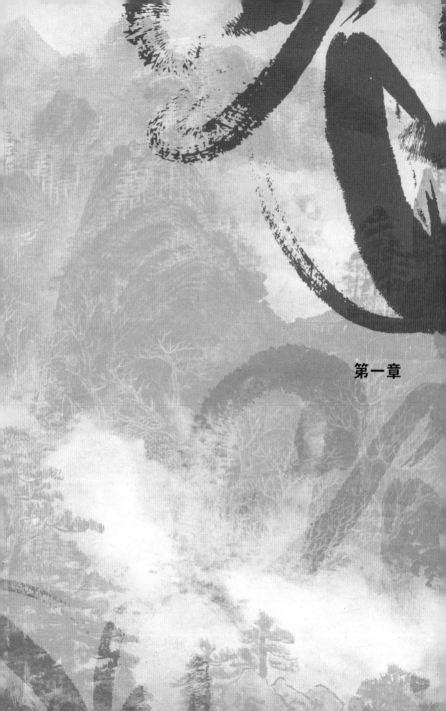

第一章

　무림맹이 무너지고 상황은 사도련을 중심으로 사파에 유리하게 흘러가고 있었다.

　강시를 부린 무림맹주로 인해 이미 명분마저 잃어버린 정도문파가 한 목소리를 내며 사파에 대항한다는 것은 불가능에 가까웠다.

　그럼에도 정파는 정파다.

　괜히 혈천신마의 중원 일통을 삼십여 년이 넘도록 막아선 정파가 아니다.

　비록 그들의 구심점이 되어 줄 무당신검은 존재하지 않지만, 그럼에도 그들은 그 끈질긴 저항을 멈추지 않았다.

중원 각지에 흩어져 사파의 행사를 막기 위해 고군분투했다.

이제 사도련에게 남은 첫 번째 과제는 국지적인 지역에서 벌어지는 정파의 유격전을 잠재우고 중원을 온전히 사파의 발아래에 놓는 일이다.

저항은 거칠었지만, 대세는 이미 사도련을 향하고 있었다.

그러한 때에.

또 다른 소식이 전해졌다.

황태자가 황제를 밀어내고 황실의 실권을 잡았다.

이미 예정되어 있던 일이다. 소문의 진위를 의심할 필요도 없다. 하루가 다르게 새로운 얼굴로 교체되는 문무백관의 면면만으로도 황실에 대대적인 권력 조정이 이루어지고 있음을 어렵지 않게 확인할 수 있었으니까.

당장 손으로 눈앞을 가릴 수 있을지는 몰라도, 하늘을 가릴 수는 없는 법이다.

명색이 황실의 주인이 바뀌는 일이다.

아무리 황태자가 엄중히 기밀을 유지하려 한다 한들, 마냥 숨겨 두기에는 비밀의 크기가 너무나 컸다.

즉위만 하지 않았을 뿐 작금의 황태자는 이미 황제와 다를 바 없다.

그러한 정국의 변화가 사도련과 이현에게 새로운 과제를

주었다.

"새로운 황젯감이 필요하다 이 말이지?"

그 필요성은 이미 사도련주를 통해 귀에 못이 박히도록 들어온 이현이었다.

"잘 됐네. 깔끔하고!"

그러니 더는 고민할 필요 없다. 짐작했던 일이다.

황태자가 적극적인 움직임을 통해 황실의 실권을 쟁취했다는 것은 의외였지만.

달라지는 건 없다.

오히려 간단해졌다. 더는 어중간한 현황제의 처우와 복잡한 권력 관계를 생각하지 않아도 된다.

단순한 걸 좋아하는 이현의 입장에서는 오히려 환영할 만한 일이었다.

그리하여 새로운 과제가 하나 더 주어졌다.

새로운 황젯감을 구해야 한다.

그만한 정통성을 지닌 자.

이현은 그 또한 그리 고민하지 않았다.

"찾아!"

시키면 그만이었다.

*   *   *

찾았다.

주장명. 나이 이십 세. 위로 부모는 삼 년 전에 세상을 떠났고, 아직 성혼은 하지 못했다.

그리고 뒷방 늙은이 처지로 전락한 현 황제와는 십 촌 내(內)사종손(四從孫)지간으로 현 황태자와는 십이 촌뻘이다. 사실상 황태자와는 남이나 다름없다. 허울뿐인 황족이다. 황실에서 나오는 지원금도 거의 없어 이제는 농사일이 아니면 생계를 꾸리기 힘들 정도라 했다.

물론, 그건 이현이 상관할 바가 아니다.

아무리 허울뿐이라지만 황족은 황족이다. 어찌 되었든 개미 오줌만큼이라도 황가의 피가 흐른다는 것만 중요할 뿐이다.

그것이 황제가 되기 위한 최소한의 정통성이니까.

그래서 몸소 찾아갔다.

옥분을 길잡이로 세워서.

"소개하지. 나는 무당신마. 황태자 모가지를 딸 남자다! 너 황제해라!"

당당한 자기소개와 함께 원하는 바를 밝혔다.

마루 맡에 앉아 쟁기를 손보고 있던 주장명은 그런 갑작스러운 요구에 적지 않게 당황한 눈치다. 이리저리 대답할 말을 찾지 못하고 방황하더니 한참이 지나서야 겨우 입을 열어 대답을 내놓았다.

"저, 저 같은 사람이 어찌 황제가……."

헌데 반응이 미지근하다.

아니, 부정적이다.

당연했다. 아무리 무당신마라고 소개를 했다지만 실제로 오랫동안 안면 트고 지낸 사이도 아니고 누가 그걸 쉽게 믿을까. 게다가 허울뿐이라지만 황족이다 보니 동창에서 이런 식으로 간 보는 경우도 종종 있었을 것이 분명했다.

어찌 되었든.

믿음이 부족했다. 아니면, 야망이던지.

아무래도 상관없다.

"일단 맞자!"

맞다 보면 없던 믿음도 생겨나기 마련이다. 없던 야망도 생겨난다.

구타야말로 지역과 종족을 초월하는 최고의 언어다.

적어도 이현은 그렇게 믿었다.

그리고 이현에게는 그런 믿음을 언제든 증명할 능력이 있었다.

"악! 왜 이러십니까! 아악! 이러신다고 제가……!"

처음에는 주장명도 거칠게 악다구니를 썼다.

순박한 외모와 다르게 의외로 강단이 있어 보인다. 물론, 그런다고 달라지는 건 없다.

이현의 구타 실력은 이미 산적왕 양자호가 인정했다.

무림인도 아닌 평범한 삶을 살아온 허울뿐인 황족이 당해 낼 수준이 아니다.

그렇게 한참을 두드려 패고 있을 때.

푸드드득!

담벼락 모퉁이에 멀찍이 떨어져서 망을 보던 옥분이 전서구를 날려 보내며 안으로 들어왔다.

옥분은 눈앞에 펼쳐진 살풍경에도 태연자약했다.

"웬일이십니까? 용케 아직도 살려 두고 계시네요?"

이미 짐작하고 있었다.

무림맹과의 전쟁을 통해서 이현에 대해서만큼은 상당 부분 내려놓은 옥분이다.

사실 이현의 천성이 생양아치 파락호다. 그나마 힘이 있으니 신마니 어쩌니 하고 불리는 것이지, 그 힘이라도 없었으면 이현은 분명 어디 동네 뒷골목에서 애들 푼돈이나 뜯고 살았을 것이 분명했다.

그런 천성을 자랑하는 이현이 자신이 시켰음에도 황제 하기 싫다는 멋모르는 놈을 죽이지 않고 살려 두고 있다는 것이 기적이다.

어차피 간저패를 통해 옥분이 확보한 황족들의 신상 명부는 아직 많으니까.

그런 옥분의 말에.

"기다려! 거의 다 돼 가니까!"

이현은 귀찮다는 듯 손을 휘휘 저었다. 그러면서도 나머지 손발로는 열심히 주장명을 두드려 패고 있다.

집중력이 좋은 건지, 아니면 산만한 것인지 모를 일이다.

"예. 그래 보입니다!"

옥분도 순순히 인정했다.

벌써부터 주장명의 눈이 풀렸다. 이제 두 손 두 발 들고 항복하는 것도 시간문제다. 아니, 살려만 달라고 다리 붙잡고 애걸하지 않으면 다행이다.

그러나.

그럼에도 옥분의 표정은 밝지 않았다.

"저…… 부련주님?"

어조가 한층 조심스러워졌다.

"왜! 거의 다 돼 간다니까! 바쁘니까 나중에 이야기해!"

이현은 그런 옥분의 부름이 마냥 귀찮은 모양이었다.

온전히 주장명을 향한 구타에 집중하는 이현의 두 눈에는 광기마저 어려 있을 정도다.

그러나 광기 어린 폭력도 곧 멈춰져야만 했다.

"필요 없겠는데요?"

옥분의 이 말 때문이었다.

뚝!

거짓말처럼 이현의 주먹질이 멈추었다. 그리고 홱 소리 날
만큼 빠르게 옥분을 향해 고개를 돌렸다.

"뭔 개소리야 그건 또! 거의 다 돼 간다니까?"

짜증 섞인 이현의 목소리.

그 반응에 옥분은 머리를 긁적였다.

그러고 좋아서 이러는 건 아니다.

"구했다는데요?"

"뭘?"

"차기 황젯감 말입니다."

"누가?"

"사도련주가요."

사도련주가 새로운 황젯감을 구했다는 소식이 방금 전 전
서구를 통해 옥분에게 전해졌었다.

이미 새로운 황젯감을 구한 마당에 황제 하기 싫다고 버티
는 황족을 두드려 패 설득할 필요는 없다. 쓸데없는 힘 낭비
다.

그렇기에 옥분도 그 소식을 전한 것이고.

"······."

두 사람이 주고받은 짧고 빠른 대화 후 찾아온 것은 어색
한 침묵이었다.

그리고.

이현은 어색하게 손을 들었다. 네 개의 손가락이 접히고 온 전히 펼쳐진 건 굳은 살 박힌 검지 하나뿐이었다.

그 검지가 가리키고 있었다.

"크흐흐흐흑!"

피떡이 되어 볼썽사납게 흐느끼고 있는 황족. 주장명을.

옥분을 향해 물었다.

"그럼 얘는?"

기껏 역모 계획까지 이야기하며 두드려 패 놨는데 이제 와 서 필요 없어졌다.

*　　　*　　　*

곧게 뻗은 대로 끝.

끝없이 펼쳐진 기와의 숲은 마치 파도가 일렁이는 듯한 착 각을 불러일으켰다. 그 주위를 높게 둘러싼 돌담은 굳건했고, 정문을 좌우로 지키는 기둥에 양각된 용은 금방이라도 날아 오를 것 같이 생동감을 자랑한다.

그저 보는 것만으로도 절로 어깨를 짓누르는 느낌을 받을 만큼 위압감을 자아냈다.

이현은 그 맞은편 대로 끝에 서 있었다.

"오왕부라…… 빠방한데?"

남동을 지배하는 패자. 왜의 해적들로부터 중원을 지키는
방패. 강력한 수군 전력은 물론, 해양 무역과 염매(鹽賣)를 통
한 풍부한 자금력을 자랑하는 거성(巨城).

"오래 기다리셨소?"

오왕부를 바라보며 감탄하는 이현의 곁에 익숙한 사내가
다가왔다.

사내의 뒤로 호설귀를 비롯해 사도련에서도 제법 굵직한
자리를 차지하고 있는 중역들이 차례로 줄을 이었다.

사도련의 지존. 사도련주다.

뒤늦게 도착한 사도련주의 물음에 이현은 고개를 저었다.

"아니, 우리도 방금 왔어."

오왕부 앞에서 만나기로 이미 약조가 되어 있었다.

약속된 시간, 약속된 장소에 만난 것일 뿐이다. 응당 기다
리고 말고 할 것도 없다.

"부련주 눈엔 어떻소? 차기 황젯감으로."

사도련주의 물음에 이현은 고개를 끄덕였다.

"괜찮네."

주장명을 두드려 패다가 소식을 듣고 여기까지 왔다. 한참
잘돼 가던 일을 중도에 그만두게 되었으니 짜증이 날 일이다.
실지로 이현의 성격상 한바탕 뒤엎어도 이상하지 않다.

그럼에도 이렇게 가만히 있는 이유는 간단하다.

사도련주가 섭외한 차기 황젯감이 바로 오왕이기 때문이다.

"아니, 괜찮다 못해서 과할 정도야."

냉정하게 따져 봐도 그랬다.

그저 허울밖에 남아 있지 않은 황족인 주장명과, 오왕.

더욱이 오왕이라면 황제와는 사촌지간이다.

비교할 거리도 없다.

황제가 되기 위해 필요한 정통성도, 이를 뒷받침해 줄 금력과 힘도 오왕의 상대가 되질 않는다.

"뒤통수가 불안할 지경이다."

이현이 괜히 주장명을 황젯감으로 낙점한 것이 아니다. 비록 가진 건 개미 오줌만한 정통성뿐이지만, 그렇기에 다루기 쉬웠다. 거사가 끝난 뒤 뒤통수 맞을 일도 없다.

그러나 오왕은 다르다.

거사를 치를 때는 분명 강력한 도움이 되겠지만, 반대로 거사가 끝난 뒤에는 토사구팽 당할 위험이 있다. 다루기도 힘들다.

"용케도 오왕을 설득했군."

아니, 오히려 이현의 입장에서는 사도련주가 오왕을 차기 황젯감으로 섭외했다는 것 자체가 놀라울 따름이었다.

그런 이현의 평가에 사도련주는 작게 고개를 가로저었다.

"그리 어려운 일은 아니었소."

"이유는?"

이번엔 이현이 반문했다.

무표정한 얼굴로 여전히 오왕부를 응시하고 있었지만, 귀는 그가 던진 질문에 대한 대답을 기다리고 있음을 사도련주가 모를 리 없다.

사도련주의 입술이 달싹였다.

"강남을 지배하는 건 오왕부고, 강남 무림을 지배하는 건 사도련이오."

피식.

사도련주의 대답과 함께 이현의 입가에 실소가 머물렀다.

"이미 오래전부터 짝짜꿍하던 사이다?"

"그렇소."

"착한 인간은 아니란 뜻이군."

이현은 단정했다.

사도련과 오왕부.

둘 다 강남을 지배한다. 비록 그 영역은 관과 무림이란 차이가 있지만, 어쨌든 강남이다. 그러한 이유로 오랜 시간 관계를 맺어 왔다.

그렇기에 사도련주가 오왕을 차기 황젯감으로 섭외한 것도 충분히 가능한 일이었다.

그러나.

그 관계가 올바른 관계라 볼 수는 없을 것이다. 국법을 밥 먹듯 어기는 무림에서도 그나마 존재하는 최소한의 선이라는 것을 계집년 널뛰듯이 넘나드는 것이 사파라는 족속들이었다. 그리고 사도련은 그런 사파의 중심이다.

그런 사도련과, 나라를 지키고 황실의 국법을 수호해야 할 오왕부 사이의 관계에서 벌어질 거래라는 것이 올바른 것일 리 없다.

이래저래 뒤가 구린 것들이 대부분일 터다.

이현의 짐작은 틀리지 않았다. 사도련주가 고개를 끄덕임으로 이를 확인해 주었다.

"그렇기에 우리의 계획에 함께할 생각을 할 수 있었을 것이오."

"착하지 않은 데에다가 야망은 크다."

"덕분에 토사구팽을 걱정할 필요도 없게 되었소."

"괜히 뒤집었다가는 똥냄새만 가득할 테니까. 힘들게 청소다 해 놓고 똥통 뒤엎을 필요는 없겠지."

전혀 다른 이야기를 하는 듯하면서도 두 사람의 이야기는 통하고 있었다.

정의롭지 않다. 야망은 크다. 그것이 오왕이다. 역설적이게도 그런 오왕과 사도련 간에 쌓아 온 세월과 그 속에서 오간 불법적인 것들이 오히려 서로를 향한 신뢰가 되었다.

우스운 일이다.

"뭐 나하고는 상관없지. 어떤 놈이 황제가 되든 중요한 건 아니니까."

이현은 대수롭지 않게 생각했다.

차기 황제가 성군이 되든 악군이 되든 전혀 관심 밖의 일이다. 황제가 되고 난 뒤에 귀찮게만 하지 않으면 그만이다.

"그럼 우리 차기 황제 폐하 면상 구경이나 하러 가 볼까?"

성큼 앞서 걸어 나갔다.

오왕부 앞에 모인 이유가 그것 때문이다. 한배를 타기로 했으니 얼굴이나 익히자며 오왕이 만남을 제의했다.

그런 이현을 사도련주의 목소리가 붙잡았다.

"헌데 함께 온 저 청년은 누구요?"

이현이 황젯감을 구하겠다며 사도련을 떠났을 때는 분명 옥분과 단둘이었다.

그러나 지금 만난 이현의 곁엔 옥분 말고도 한 사람이 더 있었다. 그것도 포승줄로 온몸을 포박당한 채로.

이현이 걸음을 멈추고 싱긋 웃었다.

"아! 쟤? 비상용!"

그러고는 훌쩍 가 버린다.

부실하기 짝이 없는 대답이다. 그 부실한 대답에 설명을 보충하는 건 역시나 옥분의 몫이었다.

"주장명입니다. 이번에 부련주께서 황젯감으로 데리고 오려 하셨던 자죠."

"정말이오?"

사도련주의 얼굴엔 놀란 기색이 역력했다. 커진 두 눈에는 경악에 가까운 감정이 고스란히 담겨 있었다.

옥분의 입가에 쓴웃음이 맺혔다.

"예. 어쩌다 보니 그렇게 되었습니다."

옥분은 알고 있다.

사도련주가 어째서 이처럼 놀란 표정을 짓고 있는지.

사도련주도 알고 있을 것이다. 주장명이 이렇게 끌려 온 것은 이미 이현이 원하는 바가 무엇인지 알고 있기 때문인 것을.

그렇지 않았더라면 굳이 힘들게 포승줄에 묶어 끌고 올 필요도 없다.

"죽이기도 귀찮으시다더군요."

옥분의 이어지는 설명에도 사도련주의 두 눈에 어린 놀람이란 감정은 좀처럼 가라앉지 않았다.

"부련주께서 요즘 부쩍 유해지셨소!"

사도련주가 놀란 것은 단지 주장명이 비밀을 알고 있기 때문이 아니다.

중요한 건 포승줄에 묶어서든 혈도를 제압해서든 일단 이현이 주장명을 여기까지 끌고 왔다는 것이다. 멀쩡히 목숨이 붙어 있는 상태로.

살인멸구라는 이현이 좋아하는 가장 쉽고 간단한 방법을 두고서 말이다.

"……그, 그렇습니까."

옥분은 그저 웃을 수밖에 없었다.

'대체 어디가!'

하고 싶은 말은 많다.

다짜고짜 잘 살고 있는 주장명을 찾아가서 황제가 되기 싫다는 그의 의지와는 상관없이 주먹질부터 쏟아 낸 이현을 보고 많이 유해졌다고 한다.

옥분의 입장에서는 그저 기가 차고 코가 찰 일이다.

하지만 군이 입을 열어 속내를 밝히지는 않았다.

'말해 봐야 다 쓸데없는 것을.'

애써 입 아프게 속내를 이야기해 봐야 다 소용없는 짓임을 옥분도 잘 알고 있었다.

사도련주가 많이 부드러워진 이현의 성격에 경악을 금치 못하는 작은 사건이 있었지만 상황은 곧 수습되었다.

다짜고짜 직진해서 대로를 가로질러 왕부의 문을 두드리는 이현의 거침없는 행동에 더는 놀라고만 있을 틈이 없었다.

그들은 서둘러 이현을 뒤쫓아 갔다.

문이 열렸다.

"……."

성대한 환영은 없었다. 사도련과 오왕부의 만남을 축하하는 음악은커녕, 그 흔한 무희 하나 보이지 않는다. 아니, 오히려 열린 정문 좌우로는 숫자를 헤아릴 수도 없는 군병들이 긴 창을 세우고 도열해 있는 모습이다.

은근한 긴장감이 감도는 내부의 분위기는 금방이라도 한바탕 대전이 벌어질 듯했다.

그 사이.

쭈욱 주위를 훑어본 이현의 시선이 마침내 정면 끝을 향했다.

좌우로 도열한 군병들이 만들어 놓은 길 끝에 왕좌에 앉은 사내가 있다.

겉모습은 쉰을 넘긴 지 오래 되어 보인다. 그러나 의외로 탄탄하다. 단단한 근육이 도드라지는 체형은 아니었지만, 반대로 나이를 이기지 못해 처지고 살집으로 가득 차 흐물거리지도 않는다.

붉은 곤룡포를 차려입고 거만하게 내려다보고 있는 그의 두 눈은 작았으나, 그 속에 감춰진 두 눈동자는 날카롭게 내리꽂혔다.

눈이 마주치자 얄팍한 입가가 씨익 올라갔다.

"한낱 무뢰배 따위가 이처럼 건방진 것을 보니, 네놈이 바로 그 신마라는 놈이로구나!"

그가 말했다.

목소리에 담긴 그 거만함이 이현을 자극하기에 충분했다.

피식!

'과연! 믿는 구석이 있다 이건가?'

웃음이 나왔다.

아무리 사도련주가 이현의 마음이 많이 유해졌다고 감탄해도, 사람은 쉽게 변하지 않는다.

혈천신마 때부터 몸에 밴 습관은 고스란히 남아 있다. 아니, 오히려 습관이라기 보단 본능에 가까웠다. 지금껏 언제나 그렇게 살아왔으니까.

이미 안으로 들어서는 동시에 내부의 모든 상황은 파악했다.

'좌우에 있는 놈들은 최소 십대고수급. 장로급도 스물은 넘겠군. 나름 한 칼 한다는 소리 들을 놈은…….'

의외로 제법 전력이 된다.

천하 무림에서도 열 손가락에 꼽힐 만한 무위를 갖춘 놈들이 둘씩이나 있다. 거기에 중견 문파의 장로급과 비교할 만한 이들과, 제법 고수 행세할 만한 이들의 숫자를 보면 더더욱 그랬다.

자신을 가질 만했다.

뿐만이 아니다.

드드득.

한껏 시위를 당기는 소리가 귓가로 전해진다. 지붕 종마루 뒤로 언뜻언뜻 검은 머리칼이 보인다.

'궁수도 숨겨 놓고?'

관군을 상대하는 데 있어 무림인들이 가장 골치 아파 하는 것들 중 두 가지가 창병과 궁병들이다. 검이나 도를 주로 애용하는 무림인들의 입장에서는 그들의 간격 밖에서 공격해 들어오는 두 무기는 상당히 상대하기 까다로운 병기로 취급된다.

준비가 확실하다.

오만함 속에 감춰진 치밀함이 언뜻 비치는 듯했다.

어찌 되었든 호의적인 분위기는 아니다. 아니, 오히려 한바탕 싸워 보자고 준비한 자리인 것 같다.

이현의 말꼬리가 올라갔다.

"……그런데?"

불편한 심기를 감추지 않는 이현의 태도에 오왕의 눈 끝이 잘게 떨린다.

"무엄하구나."

이현의 예의 없음을 탓한다.

그리고 턱을 치켜들며.

"신마는 무릎을 꿇고 예를 취하라. 과인은 한낱 야인이 바로 볼 수 있는 이가 아니다. 나는 이 궐의 주인. 오왕이다!"

굴복을 요구하고 있었다.

*　　　*　　　*

"허허허! 이리 앉으시게."

표정을 바꾸는 데 능수능란하다. 조금 전까지만 해도 오만한 자세로 도발을 멈추지 않던 오왕의 모습은 찾아볼 수 없다.

오히려 지금은 평범한 이웃집 할아버지 같은 친근한 모습이다. 오왕이니 황족이니 하는 고귀함과는 동떨어진 모습이다.

"곧 차를 내올 것이네. 잠시만 기다리시게."

이현과 사도련주 그리고 옥분과 호설귀는 그런 오왕이 이끄는 대로 자리에 앉았다.

분위기는 무겁다.

무릎을 꿇으라는 오왕의 요구에 이현이 가만히 넘어갈 리 없다. 당장 전투가 벌어져도 이상하지 않을 만큼 일촉즉발의 상황까지 갔었다.

사도련주가 나서 상황을 수습하지 않았더라면, 이 자리에 함께 마주 앉아 있을 수도 없었을 것이다.

"아까의 일은 결례가 많았네. 함께 가야 할 동지를 그처럼 무례하게 대하였으니 내 입이 열 개라 한들 무슨 할 말이 있겠는가."

그에 대해 먼저 입을 연 것은 놀랍게도 오왕이었다.

"다만 나는 황족일세. 아무리 내가 이 왕부의 주인이라도 황궁의 눈에서 자유로울 수는 없지. 아까 결례를 저지른 그 자리에도 황실의 눈과 귀가 존재하네. 아직은 우리 사이를 밝힐 수 없지 않은가."

"……"

오왕의 설명에 이현은 아무런 대꾸도 하지 않았다.

대신 사도련주가 오왕의 말을 받았다.

항상 당당했던 말투와 달리 지금 오왕의 앞에 선 사도련주의 말에는 예의가 가득했다.

"전하께서는 개의치 않아도 되는 일이십니다. 오늘 일은 이미 사전에 약속된 일이지 않으셨습니까. 표면적으로 소신들은 오늘 중원의 질서를 어지럽힌 죄를 꾸중받기 위해 이곳에 소환된 것일 뿐입니다."

애초에 사도련주와는 이미 이야기가 되어 있었다. 이현이 이를 미리 알지 못했던 것은 그 이야기를 풀어놓기도 전에 먼저 움직인 탓일 뿐이다.

오늘 오왕과 사도련의 만남은 정사의 균형을 무너트린 죄를 묻기 위한 자리다. 또한 더 이상 경거망동하지 말 것을 경고를 받는 자리이기도 했다.

오왕은 이를 위해 황궁의 재가를 받았고, 이에 대한 소문을 비밀리에 중원 전역으로 퍼트리는 공작을 펼쳤다.

이제 겨우 첫 단추를 꿰는 중에 황실에 발각되어서는 안 되는 탓이다.

이현이 아무리 관과 황실을 무시해도 관은 관이고 황실은 황실이다. 무림이 수많은 절세 고수를 배출해 냈음에도 한 번도 황실이 되지 못하고, 관이 되지 못한 게 단지 우연만은 아니다.

사도련주의 대답에 오왕이 고개를 끄덕였다.

"그래. 계획은 어찌 되는가? 거병은? 언제쯤 할 생각이지?"

아무리 돌려 말하고 포장해도 결국은 반역이다.

현 황실을 뒤엎고 새로운 황제를 올리는 일이었으니까.

당연히 그에 동참한다는 것 자체가 오왕에게는 일생일대의 커다란 모험이다. 실패하는 순간 지금까지 그가 일구어 놓은 권력과 부는 물론, 가족과 본인의 목숨마저 내놓아야 한다.

묻고 싶은 것이 많고 알고 싶은 것이 많은 건 당연한 일이
었다.

"당장은 무림부터 안정화시킬 계획입니다. 거병은 그다음이
지요."

"중원은 넓네."

사도련주의 대답에 오왕이 토를 달았다.

그러나 틀리지 않은 지적이다. 중원은 넓다. 그 넓은 중원
무림을 안정화시키는 일은 결코 하루 이틀로 가능한 일이 아
니다.

어쩌면 평생 가도 즉위는커녕 거병도 하지 못할 수가 있다.

"길어 봐야 반년 안에 끝낼 계획입니다."

"근거가 있는 계획인가?"

"정파는 무림맹이라는 뿌리가 사라졌습니다. 잔가지를 꺾
어 바닥에 심는다고 한들 뿌리가 돋지는 않지요."

"제 풀에 지쳐 떨어져 나갈 것이라는 뜻이로군?"

"예. 물론 굵은 가지는 그전에 쳐내야겠지요."

사도련주가 말하고 있는 계획은 이미 이현도 알고 있는 내
용이었다.

애초에 그 큰 그림을 그릴 때 이현도 함께였으니까.

혈천신마였을 때와 달리 지금은 무당신검이 존재하지 않는
다. 무림맹이 무너진 현재 중원 정파를 한데 아우를 수 있는

구심점이 될 만한 존재는 이제 단 하나다.

아니, 이현의 기준에서는 둘이다.

첫째로 도왕. 팽호세.

하지만 도왕 팽호세와 약속했다. 사파가 중원을 장악하는 것은 오 년으로 한정했다. 그 뒤에는 다시 강남으로 물러설 것이다.

도왕은 그 제안을 받아들였었다.

그러니 이제 도왕은 중원을 아우르는 정파의 구심점이 될 수 없다.

적어도 오 년 동안은.

그리고 다음은.

'혜광⋯⋯.'

내내 잠자코 가만히 있던 이현은 그 순간 주먹을 꽉 쥐었다.

죽었는지 살았는지 어디서 대체 무얼 하고 있는지 흔적조차 찾을 수 없는 그 지긋지긋한 노괴.

비록 무당은 봉문했지만, 혜광은 그런 걸 신경 쓸 위인이 아니다.

그가 정말 한바탕 뒤집어엎을 마음을 먹는다면 무당의 봉문 따위는 아랑곳하지 않고 뒤집어엎을 것이다.

그리고 그는.

아직도 이현이 승부를 장담할 수 없는 강자다.

만약 중원 정파에 새로운 구심점이 나타난다면 그건 분명 혜광일 것이라고 이현은 확신했다.

혜광의 위력을 모르는 다른 이들만 이를 알지 못할 뿐이다.

설사 그가 정파의 구심점으로 나오지 않아도 이현은 혜광을 다시 만나야만 하는 이유가 있었다.

청수진인의 죽음.

잠적하기 전에 혜광이 이를 미리 알고 있었는지, 알고 있었다면 왜 손을 쓰지 않은 것인지 확실히 알아야 했으니까.

'빌어먹을 늙은이!'

이름을 떠올리는 것만으로도 이현은 울컥 화가 치밀었다.

그러는 사이 사도련주와 오왕을 중심으로 한 대화는 훌쩍 진행되어 있었다.

"내 이번 거사를 동참한 것은 아직 태자의 권력이 안정된 것이 아니기 때문이네. 그렇기에 전부를 걸었어. 허나, 그렇기에 변수가 많다는 뜻이네. 특히나 북방의 안전을 책임지는……."

그러나 이현의 신경은 여전히 혜광이라는 이름 두 글자에 머물러 있었다.

어차피 오왕의 충고는 이미 사도련에서도 파악하고 있는 것들임이 분명했다. 사도련주도 호설귀도, 하다못해 옥분도 그렇게 어설픈 사람들이 아니다.

어차피 이번 일에 전부를 내건 것은 오왕만이 아니었으니까.

그 사이에도 대화는 계속되었고, 어느덧 끝을 향하고 있었다.

"……알겠네. 본 왕부도 그때까지 나름의 준비를 마칠 걸세. 본격적인 그림은 그때 함께 그리세."

그렇게 대화가 끝났다.

툭!

"……부련주님!"

그때까지도 혜광이란 이름에 정신이 팔려 있던 이현은 옥분이 옆구리를 쿡쿡 찌르고 나서야 정신을 차릴 수가 있었다.

"그럼 이만 물러나겠습니다."

사도련주가 앞장서 허리를 숙여 예를 취한다.

그렇게 자리가 파하는 분위기였다.

하지만.

"아! 잠시만 기다리시게. 아직 중요한 이야기를 하지 않았군!"

오왕이 자리를 떠나려던 그들을 붙잡아 세웠다.

그리고.

"신뢰란 게 존재한다고 생각하나?"

질문했다.

"……."

느닷없는 질문에 무거운 침묵이 어깨를 내리눌렀다.

그 침묵 속에서 계속해 이야기를 이어 나가는 건 오롯이 오왕 혼자뿐이었다.

"과인은 믿지 않아. 신뢰, 믿음 그런 건 세상에 존재하지 않네. 다만 그저 합당한 무게의 제약과 억압으로 이어진 결속이 있을 뿐일세."

신뢰. 믿음.

결국 같은 말이다. 일방적이기도 하고 상대적이기도 한 그것을 오왕은 부정했다.

그 부정에 사도련주의 표정이 일변했다.

"전하……."

오왕이 말하는 바가 무엇인지 파악한 사도련주가 급히 입을 열었지만, 그보다 오왕이 빨랐다.

"우리도 있어야 하지 않겠나. 제약과 억압! 과인과 그대가 함께해 온 세월만으로 대신하기에 이번 거사는 너무 무거워. 안 그런가? 과인이 먼저 주지. 왕자와 공주들을 그대들에게 주지."

미리 알아챈 사도련주와 달리 이현은 이제야 오왕이 원하는 바가 무엇인지 알아차릴 수 있었다.

'볼모라…….'

인질이다. 서로가 서로를 배신할 수 없는 확실한 증거.

만약 일이 틀어져 두 사이가 어긋나면 가장 먼저 목숨이 날아가야만 하는 이들.

흔한 일이다.

다만 이번엔 좀 크다.

오왕은 그의 자식들을 걸었다.

"그대들은 과인에게 무엇을 줄 것인가."

이제 사도련이 줘야 한다. 왕자와 공주에 버금가는 무게를 가진 볼모를.

第二章

"끄어어어억! 왜……!"

지하 감옥에는 비명이 가득했다.

사도련주가 이현이 요즘 부쩍 유해졌다고 하는 건 그저 주장명을 살려 두어서만은 아니다.

그보다 앞서 살려 둔 인간이 또 있다.

무림맹주다.

겉으로는 목이 잘려 죽은 것으로 알려져 있는 무림맹주였지만, 이현은 무림맹주를 아직 살려 두고 있었다.

아직 몇 번의 목숨이 남아 있다.

다른 이유는 없다. 그저 곱게 죽이기 싫었을 뿐이다. 두고 두고 괴롭히다 죽일 심산이다.

"몰라! 오늘 이상하게 기분이 더럽네?"

그러다 오늘처럼 이유 없이 기분 더러워질 때쯤 이렇게 훌륭한 분풀이 상대로 써먹기도 했다.

푹!

이현은 주기적으로 들러 무림맹주를 고문했다. 죽이지만 않으면 된다. 이미 많은 죽음을 경험하면서 그 힘이 많이 약해진 무림맹주는 고통을 떠넘기는 것조차 힘든 지경에 이르렀다.

그러다 보니 이제 이현이 찌르면 찌르는 대로 고통에 몸부림쳐야 했다.

그렇게 한참 동안이나 지하 감옥에 비명이 울려 퍼졌다.

"쩝……! 벌써 죽으면 안 되니까."

그제야 이현은 아쉬운 얼굴로 피에 찌든 비수를 놓았다.

이미 오랜 시간 동안 고문을 당한 무림맹주는 낭자한 피투성이가 되어 미약한 경련을 일으키고 있었다.

이현의 계속된 고문에 이미 정신 줄 놓아 버린 지 오래다.

그럼에도 용케 아직 숨은 붙어 있다. 비록 그 호흡이 거칠기 짝이 없고 간헐적으로 무호흡 상태에 빠지긴 했지만, 그렇다고 당장 숨이 끊어질 정도는 아니다.

아직 고문할 날이 많다.

오래 살려 둬야 고문도 그만큼 오래 하는 법이다.

다른 놈은 몰라도 무림맹주만큼은 금방금방 죽여 줄 마음이 없었다.

그렇게 이현이 입맛을 다시며 돌아서면서.

촤악!

"끄어어어어억!"

무림맹주를 향해 바가지에 담긴 물을 뿌려 버렸다. 그냥 물이 아니다. 소금물이다.

가뜩이나 헤집어진 상처가 아가리를 벌리고 있다. 그냥 물을 뒤집어써도 쓰라릴 것을 소금물을 부었으니 멀쩡할 리가 없다.

온몸에 엄습하는 지독한 고통에 혼절했던 정신이 절로 깨어났다.

그리고 몸부림쳤다.

탁!

이현은 그 처절한 무림맹주의 비명을 뒤로하고 지하 감옥에서 나왔다.

"……."

이현의 걸음은 그 이상 이어지지 않았다.

"끝난 것이오?"

지하 감옥으로 통하는 문 앞에 사도련주가 기다리고 있었던 탓이다.

이미 지하 감옥에 있을 때부터 사도련주가 문밖에서 기다리고 있음을 알고 있었다. 사도련주가 기척을 숨기지 않았고, 이현의 감각이 사도련주의 기척을 놓치지 않았으니까.

"대충은."

사도련주의 물음에 이현은 어깨를 으쓱이며 대꾸했다.

"빌려주시겠소?"

사도련주가 물었다.

무엇을 빌려 달라는 것인지 지칭하지 않았지만, 이현은 사도련주가 원하는 것이 무엇인지 알고 있었다.

이미 마주했을 때부터 사도련주의 표정이 무겁게 가라앉아 있었으니까. 아니, 오왕부를 떠나는 순간부터 사도련주의 얼굴에는 짙은 그늘이 내려앉아 있었다고 말하는 편이 맞았다.

이현은 옅게 실소를 흘렸다.

"한 번은 죽여도 돼."

사도련주가 작게 고개를 숙인다.

"고맙소."

그리고 이현이 나온 지하 감옥으로 들어갔다.

텅!

문이 닫히고.

"끄어어어어어억!"

뒤이어 잠시 멎었던 무림맹주의 비명성이 지하 감옥에서 흘러나왔다.

이현과 사도련주가 다시 마주 앉은 건 그로부터 한참의 시간이 지난 뒤다.

항상 깔끔한 모습을 유지했던 사도련주의 평소 모습이 무색하게 지금 마주 앉은 사도련주는 온통 핏물을 뒤집어쓰고 있었다.

사도련주의 표정은 여전히 무겁다.

먼저 이현이 가볍게 입을 열었다.

"그래도 사형인데. 이거 폐륜 아니야?"

그런 물음에 사도련주는 고개를 가로저었다.

"상관없소. 여기가 사도련이 아닌 마교라 할지라도 달라지지 않소. 사형제들 중 누구 하나가 천마가 되면 어차피 죽을 목숨이오. 그리고……."

"그리고?"

"따지고 보면 이 모든 일의 원흉이 그놈인 듯싶소."

"맹주?"

"그렇소."

고개를 끄덕이는 사도련주의 모습에 이번엔 이현이 반대로 고개를 가로저었다.

"쯧쯧쯧! 억지는……!"

무당파와 황실의 충돌을 무림맹주가 방치했다. 아니, 유도했다고 해도 과장은 아니다. 그리고 그 결과 이현이 황태자를 향해 검을 겨누었고, 여기까지 왔다. 그러니 무림맹주에게 책임이 있다.

그것이 사도련주의 주장이다.

하지만 이현의 눈에는 그저 억지로밖에 비쳐지지 않았다.

'어떻게든 책임은 떠넘기고 싶은 거겠지.'

남 사정 신경 안 쓰고 지독하게 자기중심적인 이현이지만, 이번만큼은 사도련주를 이해했다.

"걱정돼?"

이현의 목소리에 장난기가 빠졌다.

"불안하오. 아니, 두렵소! 자꾸 무서워져서 어떻게 해야 할지 모르겠소."

사도련주는 부정하지 않았다. 평생 하지 않던 억지를 부리고 있는 것도 그 때문이었으니까.

"……누가 공처가 아니랄까 봐."

이렇게 대놓고 솔직히 이야기할 줄은 몰랐다. 눈을 피했다. 죄 지은 것도 없는데 죄 지은 것 같은 기분이다.

"부인을 볼모로 내놓아야 한다는 건……."

이현이 시선을 피하든 말든 사도련주는 여전히 자신만의

세상에 빠져 있었다.

원래부터가 본인의 감정에 쉽게 빠지는 인간이다. 하물며 이번엔 부인까지 걸려 있었다. 그 걱정과 두려움을 쉽게 벗어날 수 있을 리 없다.

"염병할 오왕!"

사도련주를 탓할 수 없으니 당연히 그 원망은 이 일의 원흉에게 향했다.

오왕이 제 자식을 걸었다. 자그마치 왕자와 공주라는 신분이다.

그렇다면 사도련도 거기에 버금가는 것을 걸어야 한다. 오왕이 혈연을 걸었으니 사도련도 혈연을 걸어야 한다. 사도련주에게 자식이나 다른 가족이 없으니 남는 건 단 한 사람뿐이다.

부인.

사도련주가 자신의 목숨보다 소중히 여기는 그의 반려.

그리고 덩달아 이현은 청화를 걸어야 했다. 이번 거사의 중심에 이현이 있음이 확실한 이상 이현도 무엇 하나를 걸어야 말이 되었으니까.

가족이 있는 것이 아니었으니, 무당파를 나왔을 때 함께 나온 청화 말고는 걸 것이 없다.

그러한 이유로 청화를 걸어야만 했다.

거기에 이현이 청화를 어떻게 생각하는지는 중요하지 않았다. 볼모의 무게를 매기는 것은 오왕이었으니까.

"그냥 오왕 제치고 우리끼리 하자. 황제 할 놈은 내가 비상용으로 하나 데려왔으니까 어떻게든 되겠지."

사도련주의 궁상에 참다못한 이현이 말했다.

이렇게 견디기 어려워 할 바에야 차라리 오왕을 배제하고 일을 진행하는 편이 낫다.

"불가능하오. 그러기에는 너무 일이 커지지 않았소."

사도련주는 고개를 저으며 힘없이 웃었다.

"내가 쉽게 본 탓이오."

오왕부와 사도련 간의 관계를 믿고 추진한 일이다. 그러나 예상치 못한 데서 뒤통수를 맞았다.

그렇다고 이제 와서 무를 수도 없다. 이미 이쪽의 계획을 오왕이 알게 된 이상 없던 일로 할 수는 없게 된 것이다. 없던 일로 하기 위해서는 오왕부를 지워야 한다.

불가능하진 않다. 오왕부의 군사 전력이 한 곳에 집중 되어 있는 것은 아니었으니까. 하지만 쉽지도 않은 일이다.

더욱이 그렇게 되면 지나치게 피해가 크다. 어찌어찌 오왕부를 지운다고 한들, 그 뒤 황실과 전쟁을 치른다는 건 더욱 힘든 일이 된다.

최상의 전력을 가지고 싸운다고 해도 온전한 승리를 장담하기 어려운 일에 또 다른 위험을 자초할 수는 없다.

"그래도 다행이지 않소. 아주 볼모로 잡혀 있는 것은 아니니."

사도련주가 오왕을 설득했다. 비록 그의 부인과 청화를 볼모로 내놓았지만 계속 오왕부에 붙잡혀 있는 것은 아니다.

일종의 출퇴근이다.

해 뜨면 오왕부에 출근해 볼모로 있다가 해 지면 다시 퇴근해 사도련으로 돌아온다.

사도련주가 다행이라 하는 것은 그것이다.

문제라면…….

"그런 말 하려거든 표정 관리라도 좀 하지?"

정작 괜찮다 말하는 당사자인 사도련주의 표정이 전혀 괜찮아 보이지 않는다는 것이었다.

"허헛! 그렇소? 헌데? 부련주께서는 표정이 왜 그러시오?"

힘없이 웃던 사도련주가 이번엔 이현을 향해 화살을 돌렸다.

여전히 걱정하는 얼굴이다. 그러나 그 한편에 섞여 있는 것은 은근한 놀라움이었다.

"부련주께서도 걱정되시오?"

사도련주가 물었다. 이현은 황당했다.

"걱정? 갑자기 무슨 걱정?"

내내 우는 소리 하다가 갑자기 걱정되느냐니. 자다가 남의 다리 긁는 것도 아니고 이게 뭔 소리인가 싶다.

"선자 말이오."

사도련주가 말했다.

"선자? 누구 청화? 쥐똥?"

이현이 반문했다.

"왕부를 나올 때부터 심각한 얼굴이지 않았소. 돌아와서는 곧장 무림맹주부터 찾아가고, 그러고도 지금 심각한 얼굴이 잖소."

"누구? 내가?"

"그렇소."

"그러니까 내가 지금 쥐똥을 걱정하고 있다고?"

"맞소."

이현의 질문에 사도련주는 연거푸 고개를 끄덕였다. 한 치의 머뭇거림도 없다.

"염병. 개똥같은 소리 하고 있네!"

기가 차서 웃음도 안 나왔다.

*   *   *

"정신 나간 놈!"

부인 걱정에 정신 줄을 놓은 것이 분명하다. 아니면 어떻게 그런 착각을 할 수 있단 말인가.

아무리 걱정할 사람이 없어도 그렇지 어떻게 청화를 걱정할 수가 있을까.

적어도 이현이 생각하는 청화는 신강 바닥에 내던져 놔도 멀쩡할 아이다. 은근히 재수 좋고 은근히 눈치 좋다. 거기다가 붙임성도 끝내준다.

참회동에서의 첫 대면을 떠올려 봐도 그랬고, 초희나 다른 이들과 어울리는 것도 그렇다.

나이가 어리다는 무기를 가지고 겁 없이 다가가는 인간이 청화다.

더욱이 머리가 나빠서 그렇지 집요한 구석까지 있다.

걱정할 이유도, 걱정할 필요도 없다.

하물며.

"이 몸이 누굴 걱정해!"

천상천하 유아독존으로 살아온 이현이다. 남 걱정할 시간 있으면 본인 걱정하고 살아간다는 것이 이현의 기본적인 가치관이다.

그런 이현이 뭐가 예쁘다고 청화를 걱정하고 있을까.

"……그런데 왜 왔냐고!"

그렇게 혼자 중얼거리고 있을 때 정신을 일깨우는 목소리가 귓가를 파고들었다.

쨍쨍한 목소리에 귀가 멍멍해질 지경이다.

"어?"

그제야 정신을 차렸다.

하도 어이없는 말을 들어서 지금껏 정신 줄을 놓고 있었던 것이 분명했다.

그런 이현의 눈앞에 뾰로통한 표정의 청화가 있다.

"왜 찾아왔냐고! 아까부터 아무 말도 안 하고, 불러도 대답도 없고! 너 몽유병이야?"

"……."

청화의 물음에 이현은 대답할 수가 없었다.

도리어 멍한 표정으로 주위를 살피기 바빴다.

분명 사도련주의 개똥같은 소리에 자리를 파하고 방으로 돌아가던 길이었다. 그런데 여긴 청화의 처소다. 이현이 머무는 곳과 그리 멀지 않은 곳이었지만, 그렇다고 아주 가까운 곳도 아니었다.

이현이 머무는 곳과 족히 오십 보는 떨어져 있는 곳이다.

"내가 여기 왜 왔나?"

그러니 오히려 이현이 물었다.

몸은 무공 초식만 기억하고 있는 것이 아니다. 자신의 처소가 어디인지쯤은 기억하고 있다. 허구한 날 술 먹고 정신 줄 놓고 돌아다녀도 용케 잘 곳은 찾아 돌아가는 것도 다 몸이 기억하고 있기 때문이다.

그런데 자신의 처소가 아닌 청화의 처소를 찾아왔다.

그럼 분명 뭔가 용건이 있어서 찾아온 것이 분명했다. 어처구니없는 사도련주의 말에 정신 줄을 놓은 와중에도 분명 이곳을 찾을 만큼 확실히 용건이 있었을 것이다.

그렇게 믿었다.

문제는 전혀 어떤 용건인지 기억이 안 난다는 것이었지만.

"그걸 내가 어떻게 알아? 술 마셨어? 이상하다? 넌 술 마시고는 잘 안 오는데?"

청화라고 이유를 알 리 없다.

애초부터 줄곧 자신을 찾아온 이유를 묻던 건 청화였으니까.

결국 청화도 이현이 찾아온 이유를 대답해 주지 못한 셈이다.

"공처가 놈이 쓸데없는 소리를 해서!"

이현은 그 책임을 사도련주에게 돌렸다.

이유 없이 무의식적으로 찾아온 것이었다면 그건 사도련주 때문일 것이다.

쓸데없는 소리를 해서다.

그래서 무심결에 청화의 처소를 찾은 것이다.

이현은 그렇게 확신했다.

"응? 공처가? 누가?"

그런 중얼거림에 청화가 고개를 갸웃거렸다.

사도련주가 어떤 어처구니없는 말을 했는지 알 리 없는 청화로서는 그저 만사가 궁금할 수밖에 없었다.

"아니다. 그냥 자라."

이현은 애써 대답하지 않고 돌아섰다.

경험으로 안다. 청화와 말을 오래 섞으면 또 쓸데없이 유치해질 뿐이다. 사서 꼴사나워지긴 싫다.

"아씨! 왜 왔느냐고!"

등 뒤에서 청화의 목소리가 들려왔지만 이현은 개의치 않았다.

청화는 청화 나름대로 이현의 기척에 잘 자다가 일어나 이러고 있었으니 심통이 날 만도 했다.

원래 애들일수록 잠에서 깨면 심보가 고약해지는 법이었으니까.

그렇게 돌아서 몇 걸음이나 걸었을까.

우뚝.

이현은 걸음을 멈췄다.

"어이 쥐똥!"

그리고 다시 청화를 불렀다.

"이씨! 쥐똥이라고 하지 말라고!"

쥐똥이란 호칭에 청화가 발끈했지만, 그건 이현의 관심사 밖이다.

어차피 여기까지 찾아온 이상 간단히 전할 말만 하면 된다.

"들었냐?"

"뭘?"

"너 내일부터 왕부에 볼모로 왔다 갔다 해야 한다."

"아! 그거 아까 옥분이 아저씨랑 호설귀 할아버지한테 들었어!"

이현의 통보나 다름없는 전달에 청화가 밝게 웃으며 고개를 끄덕였다.

"……"

맑다. 맑다 못해 해맑다. 누가 보면 내일부터 어디 좋은 곳으로 나들이라도 가는 것으로 착각할 만큼.

그 태도에 오히려 이현이 궁금해졌다.

"안 무서워? 오왕부와 일 틀어지면 네가 제일 먼저 죽어."

냉정한 현실이다. 내일부터의 청화가 처하게 될 현주소다. 그걸 이야기해 주는데도 청화의 표정은 여전했다.

"죽기 전에 구해 줄 거잖아!"

"누가?"

"네가!"

"왜?"

"그야 당연히⋯⋯."

대답하려던 청화가 문득 말문이 막혔다.

이현이 청화를 구해 줘야 할 이유.

따지고 보면 없다. 무당파를 나온 이상 청화와 이현은 사실상 남남이다. 아니, 이현에게 청화는 그저 얼굴 알고 지내온 동네 꼬마와 큰 차이가 없다.

이현은 더 이상 청화의 사질도 뭣도 아니었으니까.

"그야 당연히⋯⋯ 당연히⋯⋯ 그러니까 당연히⋯⋯!"

이현이 청화를 구해야 하는 명확한 이유를 찾지 못한 청화의 얼굴에는 그제야 당황한 기색이 어리기 시작했다.

방황하는 청화의 시선에 이현은 피식 웃음이 흘러나왔다.

이현은 돌아섰다.

그러면서도 한때나마 사고였던 청화와의 정을 생각해서 충고를 아끼지 않았다.

"가서 쓸데없이 오지랖 부리지 마라. 칼 맞아 죽는다. 아무 데나 빨빨거리고 돌아다니지 말고. 넌 그냥 아무것도 하지 말고 찌그러져 있어."

됐다. 할 말은 다 했다.

따지고 보면 청화는 피해자다. 괜히 이현 따라 무당파를 나왔다가 이현의 개인적인 목적에 휩쓸려서 졸지에 출퇴근제 볼모 신세가 되었으니까.

하지만 그건 그저 재수가 없었을 뿐이다.

오왕이 청화를 지목할 것이라고는 이현도 예상하지 못했던 일이니까. 애초에 무당파를 나오라고 한 적도, 따라오라고 한 적도 없다.

그나마 의리를 더하자면.

"만약에 일 틀어져서 너 죽으면 복수는 해 주지."

할 수 있는 건 복수 정도일 것이다.

이현은 더 이상 걸음을 멈추지 않았다. 밤이 제법 깊다. 잘 시간이다.

자고로 일찍 자야 일찍 일어나고, 일찍 일어나야 일찍부터 농땡이 치는 법이다.

그런 이현의 등 뒤로 뒤늦게 청화의 목소리가 들려왔다.

"당연히 너는 성질도 나쁘고, 단순 무식하고, 섬세하지도 않고, 조금만 마음에 안 들어도 다 때려 부수고, 예의도 예절도 없고, 내세울 건 무공 밖에 없지만……."

어째 뒤늦게 터져 나오는 청화의 말들은 순 욕밖에 없다.

"도발이냐?"

숫제 죽여 달라는 말로 들린다. 멀리 갈 것도 없이 지금 당장!

실제로 이현은 청화가 아닌 다른 사람이었다면 망설임 없이 이 자리에서 주둥이를 찢어 버렸을 것이다.

그나마 청화니까 참는 거다.

아니, 그냥 웃음이 나왔다.

웃기는 일이다. 욕먹는 데 웃음이 나오니까.

"그치만! 그렇지만!"

아직 청화의 말이 끝난 건 아니었다.

"그렇지만 넌 항상 툴툴대면서도 나 챙겨 줬잖아. 나 구해 줬잖아! 아닌 척해도 너 착하잖아!"

착하단다.

무당신마가. 아니, 천하의 혈천신마가.

중원을 피로 물들이고 셀 수도 없는 목숨을 거둔 희대의 악인이.

"개똥 같은 소리 하고 있네!"

오늘따라 헛소리 하는 인간이 많았다.

＊　　　＊　　　＊

사도련주의 걱정과 달리 며칠이 지나도 별다른 사고는 일어 나지 않았다.

사도련주의 부인과 청화는 매일 정시에 출근해 정시에 퇴근 했다. 거기다 들어 보니 오왕부에서 꽤나 정성 들여 대접하고 있는 모양이다. 녹봉만 받으면 어지간한 관리보다 났다.

그럼에도 사도련주는 좀처럼 불안을 떨치지 못했다.

이미 한번 그로 인해 부인이 큰 변을 당한 경험이 있는 사도련주이기 때문이다.

두 눈을 잃고 두 다리를 잃었다. 그리고 아이마저 갖지 못했었다. 하물며 이제야 겨우 아이를 잉태했으니 그 걱정과 불안을 쉽사리 떨쳐 낼 수 있을 리 없다.

이현도 이해한다.

"조금 더 서둘러야겠소!"

"나야 좋지!"

그렇기에 중원 무림을 안정화시키는 데 조바심을 내는 사도련주의 의견에도 별말 없이 동의 했다.

그리고 무림맹이 무너진 이후 매일 빈둥거리던 한량 생활을 청산했다.

대신 아직도 여기저기 흩어져 저항하는 정파 무림을 정리하는 데 앞장섰다. 놀아서 그렇지, 싸움만큼은 제대로 하는 인간이 이현이란 인간이었다.

이현이 본격적으로 나섰다.

*   *   *

당협기. 달리 사수협(邪手俠)이란 별호로 불리는 그는 지독하리만큼 사이한 손속으로 유명하다. 정파인답지 않게 암기와 독공, 기관진식에 능하다. 또한 한번 원한을 맺으면 기어이 상대를 파멸로 몰아넣는 독심을 자랑한다.

비록 천하십대고수와 어깨를 나란히 하기에는 한 끗발 모자라지만, 누구도 그를 경시(輕視)하지 못하는 것 또한 그러한 이유 탓이다.

사실상 그의 무공과 심성, 손속을 보면 그는 정파가 아닌 사파라 분류해도 모자람이 없다.

그럼에도 세인들이 그를 정파인으로 분류하는 것은 그가 오래전 흑사신마의 손에 멸문해 사라진 사천당가의 후손이기에 가능한 일이었다.

또한, 당협기 스스로도 사천당가의 후손이라는 사실을 자랑스럽게 여기며 잔혹한 손속 속에서도 정도를 벗어나는 행실을 하지 않았다는 것 또한 사람들이 그를 정파의 무인으로 보는 중요한 이유였다.

적어도 겉으로 드러나기에는 그랬다.

줄곧 사천을 활동 영역으로 삼아 활동해 온 당협기는 무림맹이 무너진 이후 사천의 정도 무림인들과 함께 '반사맹(反邪盟)'의 일원으로 활동하고 있었다.

멸문한 사천당가를 다시 일으키기 위해 당협기로서는 어쩌면 당연한 선택이다. 사파가 사천을 장악하면 사천당가는 결코 재건할 수 없을 테니까.

그러던 중 기회가 왔다.

무림맹이 무너진 이후 내내 사도련에만 머물러 있던 무당신마가 고작 일행 셋을 동원한 채로 움직이기 시작했다.

가까운 지역부터 각지에 흩어져 유격전을 펼치던 정파의 세력들을 빠른 속도로 정리해 나가고 있다고 했다.

그런 무당신마의 행보 끝에는 사천성이 있다.

부러 숨기지 않은 탓에 애써 알아낼 필요도 의심할 필요도 없다. 지금도 그가 어디를 지나고 어디에서 멈춰 머무는지에 대한 정보가 속속히 들어오고 있었으니까.

무당신마의 의도는 분명했다.

스스로 미끼가 되어 흩어져서 사파 천하에 반하는 정파 무인들을 정리하는 것일 터다.

그렇기에 적조의혈단과 동행하지 않고 세 명의 수하들을 이끈 소수의 인원으로 움직이는 것이다.

위험하지만 매력적이다.

무당신마만 잡으면 전세를 역전시킬 수 있다. 아니, 최소한 거침없이 중원을 집어삼키는 사파의 기세를 한풀 꺾어 낼 수 있다.

그 때문에 지금도 수많은 정파의 무림인들이 부나방처럼

무당신마를 향해 몸을 내던지는 것이다.

그리고.

당협기는 물론, 그가 속한 사천의 반사맹 또한 무당신마를 노리고 있었다.

'허나 우리는 그런 부나방이 아니다!'

확신했다.

오늘 이 자리에서 무당신마를 잡는다. 아니, 죽인다.

반사맹. 아니, 당협기는 오늘 그 일을 위해 모든 것을 걸었다.

"……!"

잠시 상념에 빠져든 사이.

무당신마가 산언덕 아래에서부터 모습을 드러냈다. 소문대로 무당신마를 포함해 고작 네 명으로 이루어진 동행이다.

부스럭!

당협기는 급히 풀숲에 몸을 파묻었다. 그건 다른 동료들 또한 마찬가지다.

풀잎이 바스락거리는 소리가 숲을 점령했다. 무당신마라면 일순간 울리는 이 인위적인 소리를 알아차리지 못할 리 없다.

'어차피 놈은 우리가 여기에 있음을 안다!'

신경 쓰지 않았다. 모습만 숨겼을 뿐 따로 숨을 죽여 기척을 숨기려는 순진한 시도도 하지 않았다. 어차피 무당신마의 감각을 속일 순 없다.

알면서도 속이고, 알면서도 속아 주는 것이다.

무당신마는 반사맹을 정리하길 원할 것이고, 반사맹은 이 자리에서 무당신마를 죽이길 원하였으니까.

그저 원하는 바가 겹쳤을 뿐이다.

다른 정파의 무인들은 이를 간과하였기에 당한 것이다.

그저 단순히 기척을 숨기고 머릿수만 믿고 포위해 기습할 생각만 했으니 무당신마의 손아귀에서 벗어나지 못하고 무릎 꿇을 수밖에 없었을 것이다.

무당신마도 그 차이를 인정했음일까.

"이번에는 좀 그럴듯한데?"

산언덕을 올라오는 무당신마의 중얼거림은 당협기의 귓가에도 선명히 전해졌다.

아니, 마치 들으라는 듯한 태도다.

예상처럼 무당신마는 이미 반사맹의 존재를 알고 있었다.

"……."

그러나 반사맹의 누구도 입을 열어 대꾸하지 않았다.

당협기 또한 마찬가지다. 대신 풀숲에 몸을 숨긴 채 두 눈을 부릅뜨고 무당신마의 일거수일투족을 감시했다.

'앞으로 백 보!'

곧 무당신마의 무덤이 될 전장과 신마의 거리다.

'……오십 보!'

짧은 시간에 그 거리가 반이 되었다.

그러나.

우뚝!

그 순간 무당신마의 걸음이 멈춰졌다.

'혹, 우회하려는 건가? 왜?'

그저 걸음을 멈추었을 뿐이지만, 오늘 이 전투에 모든 것을 건 당협기는 긴장할 수밖에 없었다.

꽉 쥔 손은 이미 식은땀으로 흥건하게 젖어 있었다.

지금껏 당협기가 파악한 무당신마는 함정이 있다고 우회하고, 피하는 성격이 아니다.

거기에 맞춰 모든 것을 준비했다. 이번 전투는 무당신마가 그들이 준비한 전장으로 스스로 걸어 들어와야만 시작될 수 있었다. 영역이 넓어지면 그만큼 집중하기 어렵다는 이유에서였다.

그러니 지금까지와는 달리 우뚝 멈춰 서 버린 무당신마의 모습에 긴장할 수밖에 없었다.

자칫 모든 것이 물거품으로 돌아갈 수도 있었으니까.

하지만 기우였다.

"너넨 여기서 기다려."

걸음을 멈춘 무당신마는 그저 동행한 수하들을 멈춰 세우려 명령했을 뿐이다. 그리고 다시 걸어온다.

'앞으로 열 보!'

잠깐 사이에 지옥과 천국을 오갔다.

그나마 몇 되지도 않는 수하들까지 물리고 걸어오는 무당신마의 걸음은 태연자약했지만, 이를 지켜보는 당협기의 신경은 잔뜩 당겨져 팽팽해진 활시위처럼 예민해져 있었다.

움찔! 움찔!

조급한 마음에 몸이 먼저 나가려 한다.

바스락!

그건 당협기만이 아니다. 나무 위에 숨은 동료들 또한 긴장되긴 마찬가지다.

'아직이다! 섣불리 움직여서는 죽도 밥도 안 돼!'

불안과 초조. 당협기는 이를 힘겹게 찍어 눌렀다.

'나는 사냥꾼이다!'

지금은 사냥 중이다. 사냥감은 무당신마라는 대호다. 상대는 조그마한 틈도 놓치지 않고 달려들어 숨통을 끊어 낼 만큼 강력하다. 그저 활질 한 번으로 잡을 수 있는 잔챙이와는 비교조차 할 수 없다.

그리고 이곳은 그런 대호를 잡기 위해 준비한 사냥터다. 당협기의 목숨은 물론, 그가 바라는 모든 것들이 이곳에서 결정난다.

순간의 감정 따위로 일을 그르칠 자리가 아니다.

'앞으로 두 걸음!'

이제 코앞이다.

두 걸음만 더 내디디면 모든 것이 시작된다. 그리고 끝나리라. 그리 오랜 시간이 걸리지는 않을 것이다. 단번에 압도적인 힘으로 찍어 누를 것이다.

실패하면?

'아니, 그럴 리 없다! 여기는 당가타다!'

고개를 저으며 실패 가능성을 부정했다.

실패할 리 없다. 이곳은 당가타. 멸문한 사천당문의 혈족이 살아온 터전이다.

암기와 독, 기관진식에 능한 사천당문의 저력은 이곳 당가타에서부터 시작되었고, 전승되고, 발전해 왔다.

비록 이제 사천당가는 없지만, 아직 이곳 당가타에는 당문의 유산이 남아 있다. 겉보기에는 그저 평범한 숲으로 보일지 몰라도 이 숲 전체가 거대한 함정이고, 기관진식이며, 당문의 보고(寶庫)다.

원래대로라면 당혁기는 당문의 유산을 사천당문의 재건을 위해 써야 했다. 그가 유일하게 남은 당문의 후손이었으니까. 하지만, 이제는 그 모든 것을 무당신마를 잡는 데 쏟아부었다.

사파가 천하를 주도하는 한 사천당문을 재건하는 건 불가능했으니까. 이미 반사맹은 오늘 이 자리에서 무당신마를 잡을 수만 있다면, 사천당문의 재건을 지원하겠다는 약속을 했으니까.

그러니까 전부를 걸었다.

오늘 이 자리는 무당신마를 잡는 자리다. 더불어 역사의 뒤안길로 사라진 사천당문의 수백 년 역사와 무당신마와의 싸움이기도 했다.

'그러니 이긴다!'

당협기는 그렇게 밀려드는 불안감을 지워 냈다.

그리고 마침내.

'한 걸음…… 지금!'

당협기를 가슴 졸이게 하던 무당신마가 사냥터 중심으로 들어섰다.

벌떡 자리를 박차고 일어났다.

쒜에에에엑!

하지만 그보다 동료들이 먼저였다. 그들 또한 이 순간을 숨죽이며 기다리긴 마찬가지다. 무당신마가 정해진 장소에 발을 들이는 순간 기다렸다는 듯 반응하며 기관을 작동시켰다.

하늘 위에서 비가 내린다.

쇳조각으로 만들어진 비다. 창대까지 철로 되어 있는. 그것도 당가의 비전 기관이 쏘아 내는 것이다. 그 하나하나가 바위를 꿰뚫고도 남을 정도의 위력이다.

그것이 하늘을 시커멓게 채웠다. 그리고 무당신마를 향해 쏟아졌다.

천장벽창(天仗霹槍).

사천당문에서는 이를 그렇게 불렀다.

드르륵! 텅!

그러나 그건 단지 시작일 뿐이다.

그와 연계되어 연이어 기관이 발동했다. 아직 천장벽창이 바닥에 떨어지기도 전에 발동된 기관이다.

'천장벽창을 벗어나려 하면 죽는다!'

이번에 발동된 기관은 무당신마의 발아래에서 작동하는 기관이다. 특별할 것은 없다. 그저 땅속에 숨겨진 발판이 좌우로 벌어진 것뿐이다. 물론 발판이 사라진 공간에는 쇠꼬챙이가 빼곡하게 자리 잡고 있었고.

하지만 중요한 건 시기다.

무당신마가 머리 위에서 쏟아지는 천장벽창을 피하기 위해 바닥을 박차는 순간 바닥은 아래로 꺼지게 되어 있다.

그럼 그걸로 끝이다.

아래에는 꼬챙이가 위로는 천장벽창이 내려치는 데에다가 운신할 디딤대까지 사라졌으니까.

어느 쪽으로든 사지다.

이것이 무당신마를 잡기 위한 첫 번째 설계다.

"……."

그러나 정작 무당신마는 움직이지 않았다. 그저 말없이 하늘 위에서 떨어지는 천장벽창을 멀거니 바라볼 뿐이다.

설명은 길었지만 찰나에 벌어진 일.

그리고.

콰과가가가각!

미동도 하지 않는 무당신마의 머리 위로 천장벽창이 꽂혔다. 마치 쉴 새 없이 화포를 쏘아 대는 것만 같은 굉음이 숲을 뒤덮으며 귀를 아프게 했다. 희뿌연 먼지가 사방을 뒤덮었다. 자욱한 흙먼지 탓에 한 치 앞도 분간하기 어려웠지만, 그럼에도 무당신마를 향한 당협기의 시선은 떨어질 줄 몰랐다.

'죽었는가?'

상대가 천하십대고수였다면 이럴 필요 없다.

죽는다. 무조건!

아무리 천하십대고수라 할지라도 그들 또한 사람이다. 딛고 선 땅이 무너지고, 땅에서는 쇠꼬챙이가, 하늘에서는 천장벽창이 떨어지는 데 어찌 살아남을 수 있을까.

하지만 상대는 무당신마다.

그러니 확인해야 한다.

이 한 번의 공격에 무당신마가 죽을 것인지, 아니면 그럼에도 살아 있을 것인지.

"……재미있네. 이번에는! 성의가 느껴져!"

그런 당협기의 귓가로 목소리가 들려왔다.

후욱!

자욱한 먼지가 가신다.

그리고.

'……!'

무당신마가 서 있다.

바닥에 내리꽂힌 천장벽창이 부러진 채 지천에 나뒹굴고, 꺾인 쇠꼬챙이가 힘없이 고개를 숙인 그곳에서.

서 있었다. 단 하나 남은 쇠꼬챙이의 극(極) 위에 깃털처럼 가볍게 서 있었다.

입가에 빙글거리며 맺힌 웃음은 재미있다는 그의 말이 결코 허언이 아님을 증명하고 있는 듯했다.

'살았다!'

죽기는커녕 생채기 하나 내지 못했다.

무당신마를 잡기 위해 동원한 당문의 첫 번째 비기는 너무나 허무하게 무위로 돌아가 버렸다.

등골이 쭈뼛 섰다.

"죽여!"

파도처럼 밀고 들어오는 불안감에 당협기는 발작하듯 소리치며 박차고 일어섰다.

펑!

또다시 무당신마의 위에서 무언가 일어났다.

이번엔 폭발이다. 그러나 아무런 위력도 없다. 고양이 털 같은 가늘고 하늘거리는 터럭이 이현의 머리 위로 나풀거리며 떨어질 뿐이다.

당협기는 조급하게 뛰어나가는 와중에도 그것을 확인했다.

'어차피 이 정도로 죽일 수 있을 것이란 생각은 없었다!'

급히 준비한 비단포로 입과 코를 막았다. 더불어 흔들리는 마음도 다잡았다.

'허나, 반드시 죽인다! 당문의 역사는 고작 한 사람이 감당할 수 있을 만큼 가볍지 않다!'

지금 이현의 머리 위에 나풀거리며 흩날리는 털 무더기.

그냥 털 무더기가 아니다. 우모침(牛毛針)이다. 겉보기에는 침이라 부르기에도 민망할 만큼 하늘거리는 모습이 약해 보이는 녀석이지만, 그럼에도 우모침은 당문에서 자랑하던 최강의 암기 중 하나다.

인간은 숨을 쉰다. 살아 있는 모든 생물은 숨을 쉰다. 숨을 쉬지 못하면 살 수 없다. 무림인 또한 인간이다. 제아무리 절세 고수라고 한들, 제대로 된 호흡을 할 수 없으면 그 무위는 반감될 수밖에 없다.

애초에 무공의 기초가 그 호흡에서 시작되는 것이었으니까.

우모침은 상처부와 호흡기를 통해서 몸 안으로 침투한다. 그리고 오장육부는 물론 혈관을 타고 도는 혈액에 섞여 전신을 유린한다. 그러면서 서서히 안에서부터 신체를 찢어 낸다.

우모침에 당한 자는 죽는 그 순간까지 고통에 몸부림쳐야 한다. 당협기가 비단포로 급히 입과 코를 막은 이유도 그 때문이다. 무당신마를 잡기 위한 우모침에 도리어 당할 수는 없는 일이었으니까.

그랬다가는 사천당문의 부활은 없는 일이나 마찬가지다.

그러나 이것이 끝이 아니다.

무당신마를 잡기 위한 두 번째 계책이 고작 우모침 하나뿐이라면 사천당문의 이름을 먹칠하는 일이다.

피시시식!

나무 위에 숨은 동료가 던진 항아리가 바닥에 부딪쳐 깨지며 독연을 만들고,

딸깍! 펑!

당협기가 품에서 꺼낸 쇠 통에서 가는 은침이 쏘아졌다.

스확!

동시에 미리 설치해 둔 은사가 팽팽하게 당겨졌다. 무당신마를 중심으로 거미줄처럼 얽힌 은사다. 비록 수적왕 초희의

그것과 같을 수는 없지만, 대신 쌍두독각사의 독을 발라 놓았다. 그밖에도 수많은 암기와 기관 장치가 움직인다.

오로지 무당신마 한 사람을 죽이기 위해.

그것도 모자라 당협기는 품 안에서 두 개의 굵은 쇠침을 꺼내 들었다.

명식저(命食箸)다. 사천 무림에서 활동하며 항상 품 안에 숨기고 다닌 비장의 한 수. 호신강기마저 찢어 버리는 신병.

과거 사천당문의 멸문 이후 사라졌다고 알려진 명식저가 당협기의 품 안에서 모습을 드러냈다.

그뿐만 아니다.

호신강기를 파괴하는 신병인 명식저의 끝에는 백인한혈(百人恨血)을 묻혀 놓았다.

백인한혈. 이름 그대로다. 한을 가진 사람 백 명을 죽여 그 피로 제조하는 절독이다. 그것도 열 살 미만의 어린아이를 재료로 한다.

죄 없는 사람의 피를 취하는 것도 옳은 일이 아니다. 하물며, 아직은 순수한 아이들의 피를, 그것도 죽어 가면서 한을 품게 해야 한다.

그 과정에서 일어나야 할 비상식적인 잔악성은 애써 설명할 필요도 없었다.

자칫 세상에 알려지기라도 한다면 무림공적으로 내몰려도

할 말이 없다. 희대의 마인이나 악인이 할 법한 일들이었으니까. 독심과 독공으로 유명한 사천당문에서도 그 같은 이유로 외면했었다.

그러나 그럼에도 비전으로 남긴 것은 그 효능 탓이다.

사람의 몸에서 나온 피로 제조한 독이다. 그만큼 흡수가 빠르다. 단번에 혈액과 섞이기에 공력으로 태우는 것도, 밀어내는 것도 불가능하다. 그 효과만큼은 어떤 절세 고수도 죽일 수 있는 최고의 절독이다.

당협기는 이를 재현했다.

실험을 통해 그 효능까지 확인했다. 효과는 만족스러웠다. 평소 반사맹 내에서 그와 대립하던 정적을 단숨에 지워 버렸으니까.

그것을 무당신마를 잡기 위해 꺼내 들었다.

사실. 앞서 공격은 그저 무당신마의 시선을 끌고, 움직임을 제약하기 위한 포석일 뿐이다.

진짜는 바로 이것이다.

호신강기도 찢어 버리는 신병. 명식저.

절세 고수도 죽여 버리는 절독. 백인한혈.

'……지금!'

많은 일들이 있었지만, 그 또한 찰나일 뿐이다. 기계처럼 약속된 일들이 순식간에 벌어졌을 뿐이다.

실제로 우모침은 아직 이현의 머리 위에도 닿지 못했고, 이현을 향해 쏘아진 암기와 기관진식들도 아직 그의 몸에 닿지 않았다. 어찌 되었든 그 찰나에 벌어진 수많은 일들이 당초 당협기가 바라던 상황을 만들어 냈다.

순간이지만 이현의 시선이 돌아갔다.

팟!

'낙조비연(落照飛燕)!'

"정만!"

두 사람이 동시에 움직였다.

무당신마는 고개를 돌려 제 수하의 이름을 불렀고, 당협기는 손에 쥔 명식저를 낙조비연의 수로 쏘아 냈다.

날아가는 한 쌍의 명식저는 각각 위와 아래로 나뉘어 붉은 나선을 그리며 긴 잔상을 남겼다.

방향은 다르지만, 둘이 향하는 최종 목적지는 같다.

무당신마.

그러는 사이.

스윽!

무당신마가 드디어 움직였다.

스윽.

'손? 검이 아니라?'

무당신마의 장기는 검공으로 알고 있다. 헌데 무당신마는 검을 뽑지 않았다. 심지어 들어 올린 손조차 하나가 아닌 둘이다. 들어 올린 양손의 움직임이 다르다.

왼손은 느릿하게 작은 원을 그리고. 남은 오른손은.

텁!

날아오는 무언가를 잡았다. 그런데 그 모양이 이상했다.

사람. 그것도 검은 복면을 뒤집어쓴 사람.

분명 손에 잡힌 그것의 드러난 모양새는 그랬다.

'아니! 사람일 리 없다!'

그러나 당협기는 자신의 눈을 부정했다.

'세상천지 어떤 미친놈이 멀쩡한 검을 두고 사람을 무기로 쓴단 말인가!'

아무리 무당신마라 하지만 정도가 있는 법이다.

멀쩡히 날 잘 들고 충분히 단단한 검을 내버려 두고, 쓸데없이 무겁고 쓸데없이 무른 데에다가 날 하나 없이 무디기만 한 사람을 왜 무기로 쓴단 말인가!

상식적으로 있을 수 없는 일이다.

하지만 당협기는 금세 다른 것을 떠올렸다.

"금강동인?"

무당신마가 손에 쥔 것은 분명 금강동인일 것이다.

당협기는 그렇게 확신했다.

第三章

　금강동인(金剛銅人).

　무림에서 흔히 볼 수 없는 기형 병기다. 그럼에도 무림에서
밖에 찾아볼 수 없는 기형 병기이기도 했다.

　사람의 형상을 한 동 인형. 둔기다. 애초에 날이라 할 예기
도 존재하지 않는다. 대신 동으로 만든 만큼 그 무게는 육중
하기 이를 데 없다.

　과거 무공을 익히는 승려들이 수련의 도구로 목인을 사용
한 데에서부터 유래했다고 알려져 있었지만, 실제로 실전에서
쓰이는 경우는 없다.

　날이 없으니 불살계를 지키기에는 적합할지 몰라도, 금강

동인을 무기로 사용하기에는 봉과 선장이라는 평범하면서도 훌륭한 무기들이 많았으니까.

이후 몇몇 정신 나간 사파 무인이나, 겁주기 좋아하는 흑도 파락호들이 간간이 활용하곤 했다. 하지만 그 또한 가뭄에 콩 나듯 어쩌다 한번이다. 무림의 역사를 뒤집어 보아도 금강 동인을 무기랍시고 쓰는 인간은 백을 넘지 못한다.

그런데 그렇게 보기 힘든 금강동인을 무당신마가 무기로 쓰고 있다.

검공으로 유명한 무당신마가 금강동인을 무기로 빼어 들다니.

믿기 어렵다.

하지만 믿기 어려운 것은 그뿐만이 아니었다.

'이, 이게 무슨!'

당협기는 눈앞에 펼쳐진 현실을 믿을 수가 없었다.

무당신마의 손에 금강동인이 쥐어지는 순간.

거대한 소용돌이가 생겼다. 쏘아져 나간 모든 독기와 암기, 그리고 기관진식들이 무당신마를 향해 빨려 들어갔다.

아니, 보다 정확히 말하면 무당신마가 손에 쥐고 원을 그리 듯 휘두르고 있는 금강동인에게 빨려 들어갔다는 말이 맞을 것이다.

마치 보이지 않는 무언가가 빨아들이는 것 같았다.

태극구공에서부터 발전해 온 한 수였지만, 당협기가 이를 알 리 없었다.

그저 지금 이 순간을 위해 모든 것을 걸었던 당협기에게는 악몽 같은 기술로 느껴졌을 뿐이다.

퍽! 퍼버버벅!

아무리 공력으로 보호하고 있다곤 하지만, 당문의 비기다. 금강동인은 금세 호저(豪猪)와 같은 모양이 되었다.

모든 암기와 기관진식을 맞았으니 그럴 수밖에 없다.

그럼에도 무당신마는 거침없었다.

거침없이 내달렸다. 이후로도 당문의 암기는 쉴 새 없이 그를 노리고, 은신해 있던 반사맹의 동료들이 모습을 드러내 뛰어들었지만 달라지는 건 없었다.

모든 공격은 금강동인에 막혔다.

아니, 금강동인이 집어삼켰다.

그것은 공격하려던 이들의 의도도 아니었고, 쏘아진 암기의 목표도 아니었다.

그냥 궤적이 바뀌었다.

무당신마의 몸을 향해 날아가다가도 어느덧 휘어지며 금강동인의 몸뚱이에 집어삼켜졌다.

찰칵! 찰칵!

어느덧 기관진식이 공허한 소리를 만들어 냈다.

무당신마를 향해 쏟아지던 기관진식과 암기의 수는 확연히 줄어들었고, 또 줄어들고 있었다.

당가타에 남아 있던. 당문의 오랜 역사가 만들어 낸 산물이 끝을 보이고 있다.

"……끝났나?"

그제야 무당신마가 다시 입을 열었다.

무당신마를 잡기 위한 모든 것들이 무위로 화하는 현장을 두 눈으로 확인한 당협기와 반사맹이 달리 할 말이 있을 리 없다.

무당신마는 그런 그들을 하나둘 훑어보았다.

그리고.

씨익!

웃었다.

"그럼 이제 발버둥 쳐 봐."

무당신마가 움직였다.

준비한 모든 것들이 무로 돌아간 이상 남은 것은 육탄전뿐이다. 당협기와 반사맹이 불가능이라 단언했던 그 무공과 무공의 싸움이다.

하지만 달리 선택의 여지가 없다.

무당신마가 반격을 시작한 이상 발버둥이라도 쳐야 했다.

퍼억!

무당신마가 휘두른 금강동인의 머리와, 동료의 머리가 부딪치자 폭발하듯 동료의 머리가 터져 나갔다. 부나방처럼 달려들던 또 다른 동료 또한 마찬가지다. 조금 전에 머리가 터져 죽은 동료와 마찬가지로 금강동인의 머리에 부딪힌 가슴이 으스러져 그 자리에서 절명했다.

압도적이다. 무위의 격차가 한눈에 드러났다.

마치 토끼 떼 무리에 뛰어든 늑대처럼.

무당신마는 거칠 것 없이 활개 치며 피를 뿌리고 있었다.

'이제…… 우리 차례란 말인가!'

상황이 바뀌었다.

오늘 당협기와 반사맹은 사냥꾼이었다. 이곳은 사냥감을 잡기 위한 사냥터였고, 사냥감은 무당신마라는 대호였다.

그러나 사냥이 실패로 돌아간 이후부터는 정반대가 되어 버렸다.

사냥꾼은 이제 무당신마다. 당협기와 반사맹은 그 사냥꾼의 품에서 벗어나기 위해 발버둥치는 사냥감일 뿐이다.

나약한 사냥감.

"……"

그럼에도 당협기는 도망칠 생각을 하지 못했다. 그렇다고 섣불리 무당신마를 향해 달려들지도 못했다.

'당문이! 사천당문이 고작 무당신마의 금강동인에 무너질

만큼 나약했던가!'

차라리 무당신마가 검을 빼어 들었더라면 지금처럼 충격적이지는 않았을 것이다.

하지만 무당신마가 당문의 모든 비기를 파훼하는 데 빼어든 무기는 금강동인이다.

그 비효율성 때문에 무림에서도 쓰는 이가 없는.

'어쩌면 만류귀종이기 때문일지도 모른다!'

인정하고 싶을 리 없다. 그러니 다른 이유를 찾아야 한다. 천하의 사천당문이 무당신마의 검도 아닌, 무당신마의 금강동인에 패할 수밖에 없었던 이유.

그것이 만류귀종이다.

무림에서 흔히 쓰는 말이다. 시골 무관에만 가도 들을 수 있는 말이다. 하지만, 뜬구름 잡는 이야기다.

평생 독공을 연마한 당협기가 하루아침에 검공의 고수가 될 수 없는 것처럼, 허황되기만 한 말이다.

적어도 당협기는 지금까지 그렇게 믿어 왔었다.

하지만 이제는 인정해야 한다.

만류귀종은 뜬구름 잡는 이야기가 아니다.

그래서 무당신마는 손에 쥔 것이 검이든, 금강동인이든 상관없이 모두 최상의 무위를 발휘하는 것이다.

무당신마는 그 만류귀종의 이치를 깨달았다. 아니, 깨달아야만 한다.

그렇지 않으면 비참해질 뿐이다.

그렇게 당협기가 납득 아닌 납득을 하고 있을 때.

어느덧 상황은 정리되고 있었다.

예상했던 대로 무공과 무공의 싸움으로는 무당신마의 상대가 되질 않는다.

이제 당협기의 차례다.

후웅!

육중한 바람 소리와 함께 무당신마가 금강동인을 휘둘러 왔다.

'이대로 당할 수만은 없다!'

급히 상념에서 빠져나온 당협기는 급히 걸음을 물리며 소매를 휘둘렀다.

펄럭이는 소맷자락에서 비침이 쏟아져 나온다.

투두둑!

그러나 그 또한 빨려 들어가듯 금강동인의 몸뚱이에 틀어박힐 뿐이다.

무당신마의 몸에 닿은 것은 단 하나도 없다.

'만천화우(滿天花雨)!'

그러나 그 짧은 틈으로도 충분했다.

고작해야 한 걸음. 그 차이가 주는 여유에 당협기는 전부를 쏟아 부었다.

넓은 옷자락에 숨겨 두었던 모든 암기가 쏟아져 나간다.

이번은 기관이나 기계장치에 의존한 것이 아니다. 순수한 당협기의 무공이다. 더불어 사천당문이 자랑하는 최강의 암공이다.

천지 사방을 암기로 가득 채웠다.

어느 것은 직선을, 어느 것은 나선을 그린다. 또 어떤 것은 소용돌이치고, 어떤 것은 분열하고, 어떤 것은 비조처럼 떨어져 내리다 솟구친다.

급히 뿌린 것처럼 보였지만, 그 한 수에 당문의 비기가 담겨 있다.

각 암기의 특성을 최대한으로 끌어올린다. 그로 인해 그 궤적을 종잡을 수 없게 하고, 시선을 어지럽힌다. 퇴로를 막고 운신을 제약한다.

하늘에서 내리는 꽃비처럼 은빛으로 허공을 수놓는 그것은 현란하면서도 아름다웠다.

그러나 그 화려함의 끝이 파멸뿐임을 당협기는 알고 있었다.

다만 문제는 그 파멸이 당협기 본인에게 찾아올 것인지, 아니면 무당신마에게 찾아올 것인지는 장담할 수 없다.

해답은 곧 나왔다.

휘릭!

무당신마의 손끝에 잡힌 금강동인이 회전한다. 일순간 일어나는 거대한 풍압은 또 다른 소용돌이를 만들어 냈다.

크그그극!

땅을 딛고 선 당협기의 신형마저 빨려 들어갈 듯 바닥에 긴 족적을 남기며 끌려 들어가고 있었다.

그렇게 모든 것이 빨려 들어갈 때.

쿠흥!

돌연 무당신마가 금강동인을 바닥으로 내리쳤다.

쏟아져 나온다.

거세게 휘몰아치는 폭풍처럼 지금껏 집어삼킨 모든 것을 토해 낸다.

금강동인의 몸뚱이에 박혔던 그 많은 암기가 사방으로 쏟아져 나간다.

푸부북!

당협기라고 무사할 리 없다.

급히 손을 펼쳐 장력을 뿜어 보지만, 인간의 몸으로 휘몰아치는 폭풍을 감당할 수 있을 리 없다.

지금껏 그가. 당가타가 품고 있던 암기가 쏟아져 와 몸에 박힌다.

온몸이 아릿한 것이 그 안에 담긴 독기마저 침습해 온다.

그나마 내성이 있어 당장 숨이 끊어지지 않았을 뿐, 지독한 독성에 온몸의 신경과 근육은 빠른 속도로 빳빳하게 굳어져 가고 있었다.

'끝이로구나!'

당협기는 직감했다.

그의 목숨도, 그의 꿈도, 오랜 세월 벼려 온 사천당가의 영화도.

끝이다.

푸확!

휘몰아치는 폭풍 속에서 튀어 나오는 무당신마의 모습이 너무나 뚜렷하게 두 눈에 들어와 박혔다.

무당신마가 또다시 금강동인을 휘두른다.

육중한 바람 소리와 함께 들이닥치는 금강동인의 모습에도 굳어 버린 몸은 반응하지 못했다.

어떻게든 피해 보려 발버둥 쳐 보지만 고작 무릎이 살짝 굽혀지고 고개가 옆으로 돌아갔을 뿐이다.

그리고 부딪쳤다.

최후의 순간.

물컹!

'음?'

억겁과 같이 느려진 시간 속에서 당협기는 자신의 입술에서 느껴지는 기묘한 감촉에 눈을 부릅떴다.

격렬한 전투로 찢어진 금강동인의 머리 위에 씌워진 복면 사이로 눈과 눈이 마주쳤다.

'금강동인이 아니었다!'

금강동인이 아니다. 청동으로 만든 금강동인과 부딪혀 이처럼 무른 감촉을 느낀다는 것은 불가능하다.

무엇보다.

후욱!

코앞에서 마주친 두 눈이 흔들리고, 가까워진 거리에서 느껴지는 깊은 날숨은 살아 있는 생명의 전유물이다. 고작 철붙이로 만든 병기에겐 허락되지 않은 것이다.

그제야 벌어진 복면 틈으로 드러나는 형상이 눈에 들어왔다.

당협기는 속으로 소리쳤다.

'맹주!'

그리고.

'우으! 혀 들어왔어!'

그것이 그가 남긴 마지막 상념이었다.

퍽!

머리와 머리가 부딪치며 터져 나간다.

그 내용물이 허공을 붉게 물들이고, 머리 잃은 몸뚱이는 힘없이 허물어졌다.

"에이씨! 죽었네."

순식간에 반사맹을 정리한 이현은 짜증 섞인 목소리와 함께 신경질적으로 들고 있던 금강동인, 아니 당협기는 금강동인으로 알았던 무림맹주를 내던져 버렸다.

바닥을 나뒹구는 무림맹주의 머리는 찌그러져 함몰되어 있었다.

"역시 부련주십니다!"

전투가 끝날 때까지 물러서 지켜보고 있던 정만이 호들갑을 떨며 꼬리를 흔들어 댔지만, 이현의 짜증 난 얼굴은 좀처럼 펴질 줄을 몰랐다.

"뭐가 이렇게 물러! 이건 뭐, 끽 하면 뒈져!"

그런 이현의 불만에.

"그렇게 휘두르는 데 안 죽으면 그게 어디 사람입니까? 부련주님이 죽으라고 휘두르시고는 죽었다고 뭐라 하면 어떻게 하십니까!"

옥분이 토를 달았다.

"뭐 인마?"

"그러려고 여태 살려 두신 겁니까?"

"그럼? 내가 무슨 부처님 가운데 토막이야? 아니면 내가 뭣 하러 살려 둬?"

"네네. 그러시겠지요. 유해지기는요. 부련주님이 그러실 리 없죠."

당당한 이현의 대답에 옥분은 고개를 절래 저었다.

두 손 두 발 다 들었다. 그러면서도 어이가 없는지 뒷말을 덧붙인다.

"제가 살다 살다 무림맹주가 불쌍해 보일 줄은 또 몰랐습니다."

"불쌍하긴 개뿔! 지금껏 한 짓거리가 있는데!"

이현은 피식 웃으며 넘겼다.

툭툭!

그리고 던져 버린 무림맹주를 발로 툭툭 걷어찼다.

"잘 묶어 놔. 부활하면 아문 제대로 막고! 또 저번처럼 대충 했다가 땍땍거리게 만들면 죽여 버린다?"

"누구요? 저요? 맹주요?"

"둘 다."

통 큰 이현의 대답에 옥분은 고개를 절래절래 저었다.

그러면서도 죽기는 싫은지 이현의 명령에 따라 움직였다.

여기저기 널브러진 시체 틈에서 무림맹주와 비슷한 체격의 옷가지를 추슬러 냈다. 그리고 버려진 무림맹주의 의복을 벗겨 냈다.

"이러고도 부활한다는 거 보면 맹주도 확실히 보통내기는 아니네요."

"그러니까 설치고 다녔지."

대수롭지 않게 받아치는 이현의 대답에도 옥분의 손은 멈추지 않았다.

금강동인의 알몸이 드러나는 건 순식간이다.

"으윽!"

옥분은 몸서리쳤다.

여기저기에 상처 자국이 가득하다. 아직 채 다 뽑히지 않은 암기와 병장기가 가득하다.

"싸우는 와중에 잘도 다져 두셨습니다?"

"그러려고 쥐고 흔들었으니까!"

넝마나 다름없다. 멈출 줄 모르고 흥건하게 흘러나오는 핏물은 핏물이고, 터지고 찢겨진 살 조각에 부서져 자리를 벗어난 뼛조각이 더 문제다.

내버려 두면 알아서 회복된다지만, 당장 옷을 갈아입혀야 하는 옥분의 입장에서는 이런 참혹한 광경을 맨 정신으로 보아야 한다는 것 자체가 고역이었다.

마지막으로 머리에 씌운 복면까지 벗겨 낸 옥분은 끝내 혀를 찼다.

"쯧쯧쯧! 맹주도 불쌍하지. 어쩌자고 저런 인간한테 그렇게 찍혀서는!"

함몰되어 짓이겨진 얼굴은 누구의 얼굴인지 알아볼 수조차
없다.

하지만 옥분은 이미 이 함몰된 얼굴이 누구의 것인지 알고
있었다. 당연했다. 한때는 몇 번이나 마주했던 사이였고, 또
한때는 목숨 걸고 싸워야 할 적이었으니까.

무림맹주 천호건.

이현이 무식하게 휘둘러 댔던 무기의 정체.

이현에게 패한 이후 평상시에는 이현의 고문 상대가 되어
주는 것도 모자라, 현재는 이현의 무기 대용 겸, 방패로 쓰이
고 있었다.

이유야 당연히 맹주를 향한 이현의 억한 마음이었다.

죽이자면 얼마든지 죽일 수 있음에도 죽이지 않고 여태 이
렇게나마 살려 두고 있는 것도, 곱게 죽이기 싫다는 유치한
이유 때문이 아니던가.

한때는 천하를 꿈꾸었던 거인이었다고 하기엔 너무나 초라
한 현실이었다.

"안 힘드십니까? 멀쩡한 칼 두고 맹주 휘두르고 그러면?"

참다못한 옥분이 물었다.

아무리 원한은 원한이고, 억하심정은 억하심정이라지만, 이
건 악취미다.

변태도 아니고 세상에 어떤 미친놈이 살아 있는 사람을 무기 대용으로 쓴단 말인가.

하지만 그런 옥분의 말에도 이현은 히쭉 웃을 뿐이었다.

"의외로 편해. 손맛도 좋고. 면적이 넓어서 화살 받이로 쓰기도 알맞고. 그리고."

"그리고요?"

"공력이 잘 통해. 평소에 관리 좀 했었나 봐. 혈관이 뻥 뚫려 있어서 그런지 반응이 빨라서 좋아!"

"퍽도 좋으시겠습니다! 수습하는 저는 죽을 맛이라고요!"

이현이 이렇게 한바탕 난리를 쳐서 맹주를 넝마로 만들어 놓으면, 그 수습은 옥분의 몫이었다.

힘만 셌지 섬세함과 거리가 먼 정만은 큰 도움이 되질 못했다.

맹주는 대외적으로 죽은 것으로 되어 있었으니까.

꼼꼼하게 맹주의 모습을 감추는 일은 옥분 밖에 할 사람이 없었다. 그렇다고 제멋대로인 이현이 그 일을 대신 해 줄 리도 없고.

"황태자 팰 때도 종종 써먹으려고."

옥분의 툴툴거림을 귓등으로 넘긴 이현은 정말 맹주를 무기로 쓰는 데에 있어 만족하고 있었다.

사실 좀 기괴해서 그렇지 의외로 정말 효과가 좋다.

무엇보다 만족스러운 것은 공력 감응이다. 비록 맹주의 공력은 단전에 봉해 놓았지만, 맹주가 개척한 혈도는 어디로 가는 것이 아니다.

그것이 일반적인 병기와의 차이다.

공력이 통하는 길이 닦여 있다는 것.

물론, 그렇다고 맹주가 신병이기에 버금가는 무기라는 것은 아니다. 실제로 진신무공을 펼치기 위해서는 맹주를 휘두르는 것 보단 검을 휘두르는 편이 나았다.

그저 단점도 있고 장점도 있다는 것뿐이다.

방금 전처럼 몇 수 처지는 다수의 적을 상대할 때. 그리고 다수의 공격을 방어할 때.

그럴 땐 의외로 편했다.

무엇보다.

"이상하게 휘두를 때마다 기분이 좋아진단 말이지."

웃었다.

일부러 맹주를 공력으로 온전히 보호하지 않았다. 휘두르면 휘두를수록, 부딪치면 부딪칠수록 맹주는 다친다. 더욱이 애초에 이현의 공력은 맹주에게 있어서는 이종진기다. 억지로 밀고 들어오는 이종진기가 맹주의 몸을 멋대로 휘저으면 그 고통은 이루 말할 수 없을 것이다.

아문을 막아 놓았지만, 잡고 휘두를 때 보면 안다.

맹주는 내외로 밀려드는 고통에 몇 번이나 두 눈을 까뒤집으며 혼절을 반복했다.

그 기분이 나쁘지 않다. 아니, 오히려 속 시원하고 좋다. 괜히 기분이 상쾌해지는 것이 힘이 펄펄 나는 것 같다.

"그걸 사람들이 변태라고 하는 겁니다!"

옥분이 소리쳤다.

"뒤질래?"

옥분의 지적에 이현은 주먹을 들어 보이는 걸로 깔끔하게 묵살시켰다.

그때였다.

"으허허어어억!"

죽었던 무림맹주가 부활했다.

옥분이 이현과 투덕거리는 데 정신이 팔린 탓에 미처 아문을 봉하지 않은 입으로 긴 비명이 터져 나왔다.

맹주의 고개가 이현을 향해 돌아갔다.

한때는 무림을 집어삼키겠다는 야망으로 온갖 추악한 일들을 벌여 온 무림맹주였지만, 계속된 이현의 구타와 고문, 그리고 오늘과 같은 무기 대용품 취급에 과거의 모습은 온데간데 없이 사라진 모습이다.

이현을 바라보는 맹주의 두 눈엔 눈물이 줄줄 흘렀다.

"죽이세요! 죽여 주십시오! 제발 좀 죽여 달라고 이 변태 자식아!"

이미 정신적으로나 육체적으로 몰릴 만큼 몰린 맹주는 발악했다.

그러거나 말거나.

"옥분아 맹주놈 아가리 봉하라니까 안 했네? 죽고 싶나봐?"

이현은 오히려 옥분을 보며 히쭉 웃으며 으름장을 놓았다.

이미 죽어 있던 맹주의 시신을 던져 주었을 때부터 아문을 봉해 두라고 명령했었다. 물론, 한 번만 더 맹주가 시끄럽게 하면 그땐 옥분을 죽이겠다고 엄포도 놓았었고.

"지금 당장 하겠습니다!"

이현의 으름장에 옥분이 뜨악한 얼굴이 되었다.

한다면 하는 인간이다. 그중에서도 죽인다는 말은 절대 농담으로 받아들여서는 안 되는 인간이다. 그게 바로 이현이다.

이를 잘 아는 옥분은 혹여나 정말 이현이 죽이겠다고 덤벼들까 싶어 급히 맹주를 향해 몸을 날렸다.

"으아아악! 놓아라! 놓으라고! 무당신마! 나를 언제까지 이렇게 괴롭힐 것이냐! 차라리 죽여! 죽여 이 자식아!"

"이 미친놈이 죽고 싶으면 혼자 죽지!"

맹주의 반항에 뜨악한 옥분이 급히 힘으로 맹주를 찍어 눌렀다. 맹주도 맹주 나름대로 악에 받쳐 몸부림쳤지만, 이미 내공이 단전에 봉인된 상태다. 옥분을 당해 낼 리가 없었다.

"혀 들어왔다고! 아까 마지막 놈 혀 들어왔단 말이다! ……읍!"

최후의 최후까지 발악해 보지만 끝내 맹주는 아문이 짚여 버렸다.

"흐으읍! 흡!"

아문이 막힌 탓에 소리를 만들지 못하는 맹주의 입에서는 바람 빠지는 소리만 연신 흘러나왔다.

울고 있었다. 닭똥 같은 눈물을 줄줄 흘리고 무언가 소중한 것을 상실한 사람처럼. 아니, 무언가 더럽혀져 버린 사람처럼.

아문이 막혔다 뿐이지 이쯤이면 대성통곡이라 해도 틀린 말은 아닐 것이다.

'혀가 들어와?'

괴로워하는 맹주의 모습은 이현의 눈에도 들어왔다.

사실 좀 의외였다. 온갖 고문과 구타에도 오늘처럼 대성통곡하는 모습을 보인 적은 없는 맹주다. 그도 그 나름의 자존심이 있고, 그 자존심은 꽤나 강한 인간이다.

그런데 대성통곡한다.

의외의 반응에 맹주가 마지막에 남긴 이유 모를 말을 곱씹었다. 물론, 답이 나올 리 없다.

아니, 답 따위는 몰라도 좋았다.

혀가 들어오든 나가든. 또 그 뜻이 무엇이든 중요한 것은 아니었다.

중요한 건 오늘따라 맹주가 유독 괴로워한다는 것이고, 이 현은 그런 맹주의 모습이 마음에 쏙 든다는 점이다.

"좋아! 애용해야겠어!"

이현은 흡족하게 고개를 끄덕였다.

                    *   *   *

이현은 본인의 말을 지켰다.

맹주를 애용했다. 정파의 무수한 무인들이 맹주의 몸통 박치기에 무릎을 꿇었다. 무당신마의 절기가 실은 검이 아닌 금강동인이라는 소문까지 나돌았을 정도였으니, 얼마나 맹주를 애용했는지는 굳이 설명할 필요도 없었다.

그렇게 파죽지세로 중원을 정리했다.

스스로 미끼가 된 효과는 확실히 좋았다. 가는 곳마다 부나방처럼 달려들었으니까.

물론, 분명 한계는 있다. 홀로 반대하는 세력 전부를 지울수는 없는 일이다. 하지만 상당수 잠재운 것은 사실이다. 이제 크게 대세에 영향을 줄 만한 세력은 없을 것이라는 게 옥분과 이현의 생각이었다.

그런 고로.

벌컥!

"돌아오셨다!"

사도련으로 복귀했다.

사전에 인기척 한번 없이 사도련주의 집무실을 열어 재끼는 이현의 모습은 당당하기 그지없었다.

당연했다.

큰일. 아니, 조그마한 일 좀 많이 하고 돌아왔다. 그동안 놀고먹은 값 제대로 했으니 당당하지 못할 이유가 없다.

더불어.

"그래! 그동안 팔자 좋게 책상머리에 앉아 노닥거리니까 기분 찢어지지?"

사도련주 대신 한 일이다.

사도련에 속한 문파를 관리하고, 의견을 통합하는 것은 물론, 혹여나 다른 불가피한 행동을 하지 않을지 감시하는 것까지. 거기에 최근 오왕부와 공조해 일정과 전력 편성을 조정하고 협상하는 일도 새로 총괄하게 된 사도련주의 입장에서는 이현처럼 팔자 좋게 무림에 나서서 반대 세력을 정리할 여력이 없었겠지만 말이다.

물론, 그런 사정 따위는 이현의 머릿속에 없다.

어찌 되었든 일을 했고, 그 일이 원래 사도련주가 해야 할 일이었다는 것만 중요하다.

추가로 애초에 사도련주가 과중한 업무를 떠안게 된 것도 황태자를 치겠다는 이현의 목표 때문이었음도 떠올리지 않았음은 물론이다.

어찌 되었든 당당하다.

더구나 오랫동안 바깥 생활 후 돌아오다 보니 오랜만에 보는 사도련주도 반갑다.

이현은 한껏 신이 난 얼굴로 입을 열었다.

"팔자 좋게 지냈으니까 살도 좀 쪘……."

살 좀 쪘겠다고 말하려고 했다. 그러나 하지 못했다.

한껏 신이 올랐던 이현의 얼굴도 순간 굳었다.

"빠졌네?"

어디까지나 이현의 일방적인 생각이었지만, 이현이 생각하기로 사도련주는 팔자 좋게 놀고먹었다. 당연히 살이 좀 올랐을 것이라 생각했는데 오히려 빠져 있다.

그것도 많이.

눈 밑이 퀭하고 볼이 홀쭉하다.

"밤에 무리했냐? 조심해야 할 때 아냐? 그렇게 네 마누라 괴롭히면 애도 위험하다고 안 하디?"

이현은 사도련주의 몰골이 해골바가지가 된 이유를 추정

했다.

"징하게 밝히는 놈! 그게 그렇게 좋더냐?"

두말할 필요 없다. 뭐 눈에는 뭐만 보인다고 이현의 상식으로는 사도련주가 이렇게 피골이 상접할 이유는 남녀 간의 일. 그러니까 주로 밤에 일어나는 음과 양의 은밀한 화합에 관련된 일 뿐이다.

"……오셨소? 수고가 많으셨소. 거기 앉으시오."

헌데 반응이 미지근하다.

평소처럼 발끈하지도 않고, 부정하지도 않았다. 적어도 부끄러운 기색이라도 보여야 하는데 그런 것도 없다.

싸한 분위기에 이현도 장난을 거두고 권해 주는 자리에 앉았다.

"싸웠냐? 얼굴이 왜 그래? 어쭈? 파랗게 떴네? 내상이라도 입었냐?"

이현의 목소리가 낮아졌다.

사도련주를 노려보는 두 눈은 차갑게 가라앉았다.

피골이 상접한 것뿐만이 아니었다. 가뜩이나 희멀건 얼굴이 이제는 창백하다 못해 새파랗다. 감출 수 없는 식은땀이 줄줄 흐른다.

어디로 보나 좋은 몸 상태가 아니다.

가장 먼저 의심해야 할 것은 내상이다. 아니, 어쩌면 주화입마의 징조일 수도 있다.

"아니, 그런 것 아니오. 과로로 며칠째 잠을 못 자 그런 것이니 걱정치 마시오."

"······그래? 흠······!"

아무런 일 아니라 하지만 이현은 좀처럼 찜찜한 기분을 떨치지 못했다.

아무리 과로라고 하지만 이건 정도가 심하다.

"정말이오."

그 의심스러운 시선에 사도련주는 힘없이 웃으며 답했다.

그제야 이현은 고개를 끄덕였다.

"그래. 그렇다고 해 두지."

사도련주는 모르겠지만, 이현은 짧은 순간 내기를 일으켜 사도련주의 몸에서 흘러나오는 기운을 훑었다.

여기저기 불안한 구석은 있지만, 내상을 입었다고 볼 정도는 아니다. 아니, 몸 상태 자체로 보면 지극히 정상에 가깝다.

육체적인 원인이 아니라면 사도련주의 주장처럼 과로로 인한 정신적인 요인이 원인일 것이다.

"수고 많으셨소. 덕분에 계획을 앞당길 수도 있을 듯싶소."

사도련주가 반대 세력을 정리하고 온 이현을 칭찬했다.

물론, 이현이 주는 칭찬 싫다고 걷어차는 사람은 아니다. 아니, 남이 칭찬 해 주지 않아도 알아서 스스로 칭찬하고도 남을 인간이다.

당연히.

"내가 할 땐 또 제대로 하잖아."

뻔뻔하게 받아쳤다.

척 하니 등받이에 등을 눕히고 탁자에 발을 건 모양새는 거만하다 못해 건방지기까지 하다.

하지만 사도련주가 그런 걸 가지고 무어라 할 사람이 아님을 이현은 잘 알고 있었다.

실제로 사도련주는 이현의 태도를 가지고 무어라 하지 않았다.

"미안하오나, 한 번 더 수고를 해 주셨으면 하오."

대신 이현을 향해 서류 하나를 내밀었다.

"뭐야 이건?"

힐끗 서류를 한번 바라본 이현의 물음에 사도련주가 설명을 덧붙였다.

"부련주가 복귀하기 직전 급전이 도착했소. 정파의 무인들이 사도련을 치기 위해 집결하고 은밀히 움직이고 있다는 첩보요."

"……또?"

사도련주의 설명에 이현의 검미가 꿈틀거렸다.

스스로 미끼가 되어 한번 쓸고 돌아오는 길이다. 이 정도면 충분하다 여겼는데, 또다시 처리해야 할 귀찮은 것들이 나타났으니 기분이 좋을 리 만무했다.

"아마도 이번이 마지막이 되지 않을까 싶소."

"하여간 질긴 것들!"

기분은 나쁘지만 이해하지 못하는 건 아니다.

끈질기게 물고 늘어지는 정파의 속성은 이미 혈천신마 때부터 신물 나게 겪어 봐서 알고 있다.

사실 이 정도면 양호한 편이기도 했다.

"다만, 이번엔 단단히 준비한 듯하오. 첩보에 의하면 적어도 네 개 성의 무인들이 연합하여 움직인다고 하오."

"잠깐……? 제대로 알아본 거야? 확실한 구심점 없이 그 정도로 집결하긴 어려울 텐데?"

정파에서 다시 세력을 모아 움직인다는 것은 이해할 수 있다. 하지만 그 규모가 네 개 성의 연합한 것이면 이야기는 달라진다.

'지금 정파 무림에는 무당신검이 없어!'

아무리 정파라지만 그들도 각각의 개체일 뿐이다. 각자의 이해가 있고 입장이라는 것이 있다. 그래서 무림맹이 무너지고 명분을 잃은 이후로는 두 개 성 이상 규모의 연합은 어려웠다.

확실히 중심을 잡고 이를 중재해 줄 존재가 없기 때문이다.

혈천신마 때는 무당신검이라는 확실한 구심점이 있었다. 하지만, 현 무림에는 그럴 만한 구심점이 없다.

사라진 혜광이나, 이미 협조를 약속한 도왕이 직접 나서지 않는다면 불가능하다.

"천하십대고수에 버금가는 신진 고수가 등장했다고 하오. 일인 전승의 문파 출신이라는 이야기도 있고, 은거한 정도 고수가 길러 낸 비밀 제자라는 말도 있소. 이렇듯 그 진정한 정체에 대해서는 소문이 분분하오만, 감히 개인적으로 추정하건대 황실에서 개입된 것이 아닐까 하오."

의문은 여전하다. 하지만 마지막에 언급된 황실의 개입에서만큼은 고개를 끄덕일 수밖에 없었다.

"황실이라…… 확실히 그간 너무 조용했지."

아무리 황태자가 황제를 뒷방으로 밀어내고 내부 정리에 집중하고 있다지만, 무림이 사파에 통일된 상황이다.

신경 쓰고 견제하지 않는다면 그것이 더 이상한 일이다.

하물며 이현이 본 황태자는.

'무림에 호의적이지 않은 놈이야.'

젊고 권위적이다. 패기 넘치고 호전적이다. 그런 황태자에게 국법을 외면하는, 황실의 명령이 닿지 않는 무림이라는 존재는 결코 마음에 들지 않을 것이다.

이현이 품은 의문과 의혹은 황실의 개입이라는 전제를 달면 모두 설명 가능하다.

시기상으로도, 정황상으로도 모두 그렇게 흘러가고 있었으니까.

"아! 이거 골치 아프네!"

머리를 긁적였다.

시기가 좋지 않다.

"확실히 처리해야 하오. 아직은 황실이 우리의 의도를 파악해서는 안 되오. 황실이 우리의 의도를 파악하면 그때는 이런 식의 견제로 끝나지 않을 것이니까!"

이현은 고개를 끄덕였다.

사도련주의 말이 맞다.

아직은 아니다. 황실이 이쪽의 의도를 파악하는 순간 곧장 군대를 파견할 것이다. 그럼 아무리 이현이라도 힘겨워진다.

"가장 깔끔한 건 다 죽이는 거겠네. 생존자나 목격자도 없이."

"그렇소."

이현의 의견에 사도련주 또한 동의했다.

그리고.

"해서 이번에 오왕부와 연합작전을 펼치는 것이 어떨까 싶소."

그의 생각을 꺼냈다.

"오왕부와의 연합작전? 오히려 더 의심받지 않을까?"

"방법이 있소. 이미 오왕부에 제의했고, 오왕부에서도 동의했소."

사도련주는 단언했다.

그러니 이현도 더 이상 아무 말도 하지 않았다.

"네가 그렇게 말하니 믿어야지. 오왕부도 호구는 아니고."

사도련주는 허언을 할 사람이 아니다. 또한 야망이 가득한 오왕이 동의했다. 확실한 방법일 것이다.

"저들이 이곳을 치려면 장강을 넘어야 하오. 우리는 장강에서 그들을 모두 죽일 것이오. 부련주께서 직접 나서 정리하는 사이, 오왕부는 함대를 동원해 포위 포격으로 이탈자들을 처리할 것이오. 물론, 거기에 따른 정보 공작이 들어갈 것이니 다른 건 염려치 않아도 되오."

"결국 나만 동의하면 된다는 거네?"

"그렇소."

고개를 끄덕이는 사도련주의 모습에 이현은 내심 고개를 저었다.

'나도 어지간히 말 안 들었나 보네.'

사뭇 심각한 얼굴이다.

어쩌면 이 일 때문에 피골이 상접해 산송장이나 다름없는 꼴이 되었을지도 모른다. 이현은 고개를 끄덕였다.

"좋아! 그렇게 하지."

"확실히 하기 위해서 적조의혈단도 함께했으면 하오만?"

"그러지 뭐. 어려운 일도 아니니까."

"고맙소."

"고맙긴. 개뿔!"

어쨌든 결론이 내려졌다. 일에 치이는 사도련주를 대신해 이현이 적조의혈단과 함께 오왕과 연합작전을 펼친다.

그것이 이번 작전의 기본 골격이다.

이현은 자리에서 일어났다.

"빠르면 빠를수록 좋겠지? 우리 쪽 애들은 내가 바로 준비시킬 테니 오왕이 준비되면 이야기해 줘."

"알겠소."

돌아서는 이현의 등 뒤로 사도련주의 대답이 돌아왔지만, 이현은 손을 휘휘 젓는 것으로 답을 대신했다.

"아!"

이현이 막 사도련주의 집무실을 나서려 할 때였다.

문득 걸음을 멈추고 사도련주를 돌아본다.

"오왕부는? 문제없지?"

툭 던지듯한 말이다.

"무, 무얼 말이오?"

그러나 사도련주에게는 갑작스러운 모양이다. 긴장한 모습이 표정에서 얼핏 드러났다. 아니, 어쩌면 현재 사도련주가 가장 걱정하고 있는 부분을 건드려서 일지도 몰랐다.

그런 사도련주의 모습에 이현은 피식 웃었다.

"별거 아냐. 쥐똥 그 년이 혹시 오왕부에서 사고 쳐서 오왕이 빠지진 않았나 싶어서. 네 부인이야 걱정 할 것 없지만, 쥐똥 고년은…… 알잖아?"

"……아직 큰 문제는 없소."

그 대답에 이현은 선선히 고개를 끄덕였다.

"하긴, 그랬으면 이번 연합작전은 말도 안 되지. 알았어. 나가 보지."

턱.

이현이 나갔다.

"……."

사도련주는 문이 닫히고도 한참을 숨도 쉬지 않고 침묵을 지켰다.

긴 침묵이 끝나고.

"후……."

사도련주의 입에서 긴 한숨이 흘러나왔다.

第四章

일은 번갯불에 콩 볶듯 빠르게 진행됐다.

사도련의 요청에 오왕부는 기다렸다는 듯 호응했다. 채 한 시진도 걸리지 않았다. 이현도 굳이 시간 끌 필요는 없었다. 곧장 적조의혈단을 소집했고, 별도의 임무를 맡고 외부로 파견 나간 몇몇을 제외한 전원이 소집되는 데에는 반 시진도 걸리지 않았다.

이현은 그렇게 복귀한 지 한 시진도 안 되어 다시 사도련을 떠났다.

"여! 오랜만이다? 못 본 새 더 커졌는데?"

사도련을 떠난 이현과 적조의혈단을 가장 먼저 반긴 것은 오왕부 쪽 인사가 아니었다.

익히 아는 얼굴이다.

"관심 꺼 주시죠? 그쪽 보라고 키운 가슴 아니니까?"

이현의 음침한 눈길에도 거침없이 쏘아붙일 수 있는 사람.

"하여간 성질 머리는! 쓸데없이 가슴만 큰 년!"

쓸데없이 가슴만 큰 사람.

수적왕 초희다.

"그러고 싶어요? 남들 보기 부끄럽지도 않나요?"

초희의 질책에도 이현은 당당했다.

"내가 왜? 남자는 원래 다 이렇거든?"

"련주는 안 그렇죠. 잔말 말고 눈이나 돌리시죠?"

"내 눈이다. 관심 끄지?"

한 마디도 지지 않고 스스로 변태임을 당당히 자랑하는 이현의 대꾸에 결국 초희도 체념할 수밖에 없었다.

"으이구! 말이나 못 하면 밉지나 않죠! 이야기는 들으셨죠?"

"대충은?"

싱글거리는 이현의 대꾸에 초희는 눈을 흘렸다.

"그런데도 웃음이 나와요?"

"그럼? 웃지! 우냐?"

"걱정하는 척이라도 해야 하는 것 아닌가요?"

"걱정해서 해결될 일이면 진작 그렇게 했겠지."

귓등으로도 듣지 않는다. 초희도 안다. 그녀의 말로는 어찌할 수 없는 인간이다.

원체가 자기중심적이다.

남이 걱정을 해 주거나 말거나, 그저 자기 하고 싶은 대로 하고 산다.

그러니 이 이상의 걱정도 이현에게는 사치다.

대신 본론을 꺼냈다.

"귀도(龜島)까진 저와 함께할 거예요. 표면상으로 이번 오왕부가 움직이는 건 수로채 소탕이 될 테죠."

"눈 가리고 아웅이네?"

"필요한 건 그 아웅이니까요."

"뭐, 그렇긴 하지."

초희의 대꾸에 이현은 순순히 고개를 끄덕였다.

오왕부와의 연합은 대외적으로 알려져서는 안 될 일이다. 적어도 아직까지는!

그러니 이현과 적조의혈단이 오왕부와 함께 움직이는 것도 불가능하다. 그 이동의 문제를 해결해 주기 위해 동원된 것이 장강수로채다. 더불어, 오왕부의 함대가 움직이는 데에 필요한 명분까지 책임지는 것이다.

"그래도 중간에 한번 접선은 할 거예요."

그러나 함께 일하면서 얼굴 한번 마주하지 않는다는 건 있을 수 없는 일이다. 서로 다른 두 집단의 협력에서는 현장에서의 의견 조율만큼 중요한 일은 없었으니까.

그래서 중간에 한번은 접선해야 한다.

장강 한가운데에서라면 남들의 이목을 피할 수 있으니 접선 장소로도 적당했으니까.

다만 걱정되는 것은.

"절대 실수하지 말아요! 상대는 오왕부예요!"

이현의 그 막 나가는 성격이었다.

무림에서야 무당신마라는 이름이 있어 그러려니 하지만, 상대는 관부의 사람이다.

자칫 일이 틀어질 수도 있다.

"내가 애냐? 쓸데없는 걱정은!"

"정말이죠? 정말 사고 안 치실 거죠?"

"아! 사고 안 친다고!"

초희의 걱정은 이현이 버럭 성질을 부리고 나서야 끝이 났다.

여전히 못 미덥긴 하지만, 이현이 이렇게까지 호언장담을 하는 데에야 더 이상 의심하고만 있을 수는 없었다.

그것이 실수였다.

"여! 오랜만이네? 맞지? 오왕 옆에 있었던? 그때 왼쪽에 서 있었으니까 오왕 왼팔쯤 되시나 봐? 굳이 따지자면 오왕부 서열 삼 위?"

글러 먹었다.

너무 쉽게 봤다.

"부련주님!"

뒤늦게 빽 소리를 질렀지만, 아무리 초희라도 뱉어진 말을 주워 담을 수 있는 능력은 없었다.

내가 애냐고! 쓸데없는 걱정 집어 치우라고! 그 말 한 것이 불과 두 시진 전이다. 날도 바뀌기 전이다. 그런데 그 말이 무색하게 사고를 쳐 버렸다.

미처 막을 틈도 없이 저질러 버린 일이다.

초희는 머리가 지끈거릴 지경이다.

하물며.

"좌도독 어염겸이다."

상대가 오군도독부의 두 거인 중 한 사람이다.

수적왕인 초희는 그가 어떤 사람인지 누구보다 잘 알고 있었다.

작정하면 장강에 수로채를 몰살시킬 수 있는 사람이다. 그에게는 그만한 경험과 능력, 그리고 권력까지 있다.

무엇보다 방금 이현의 무례는 어염겸에게 충분히 그만한 빌미를 주고도 남을 행동이었다.

이렇게 되니 바빠지는 건 초희였다.

"무례를 용서해 주세요. 싸우는 것 말고는 제대로 하는 게 없는 인간이에요."

잘못한 것도 없는데 대신 정중하게 허리를 숙여야 했다.

어쩌겠는가. 안하무인인 이현이 먼저 고개를 숙일 리 없으니, 대신할 수밖에.

"개의치 않는다."

다행히 어염겸도 이를 문제 삼지 않았다.

대신.

그는 자신이 할 말만 했다.

천생 무관으로 살아온 어염겸의 성격은 그런 작은 행동 하나하나에서도 훤히 드러나고 있었다.

경우에 따라서는 가장 대하기 힘든 상대였지만, 지금은 오히려 가장 대하기 편한 상대이기도 했다.

"본관에게 하달된 명령은 하나. 귀도에서 도망치는 무림인들을 대상으로 한 포격과 말살이다."

가장 먼저 그가 할 일에 대한 선을 그었다.

함께 싸우겠다는 의미가 아니다.

"싸움은 전적으로 나에게 맡기겠다는 말인가? 너희는 뒤로 빠져서 안전하게 설거지나 하고?"

이현이 어염겸이 말한 바가 무슨 뜻인지 모를 리 없었다.

"그렇다."

어염겸은 부정하지 않았다.

자칫 모욕적으로 들릴 수 있는 말이었음에도, 그의 얼굴에는 조금의 노기나 부끄러움 따위는 담겨 있지 않았다.

전형적인 상하명복에 익숙한 군부의 인사답다.

"만약 저들이 귀도로 오지 않으면?"

이현이 딴죽을 걸었다.

"그럴 리 없다."

하지만 어염겸은 이번에도 동요하지 않았다.

이어 그는 설명을 풀어 놓았다. 감정을 드러내지 않고 필요한 말만 하던 좀 전의 모습과 달리 그의 설명은 꽤나 상세하고 이현도 알아들을 수 있을 만큼 쉬웠다.

"무림의 관점에서 장강은 수로채의 영역이다. 물 위에서 수적과 싸우는 것만큼 무모한 일은 없다. 저들은 수적의 이목을 피해 움직여야 한다는 의미다. 당연히 강을 건너는 데에 동원되는 선박의 수와 규모도 한정적이지."

"그래서?"

"전력을 분할해야 한다. 위험한 일이다. 자칫 사분오열되어 죽기 십상이니. 해서 중간에 거점이 필요하다."

"강북에서 전력을 나눠 배를 타고 이동한다. 그 뒤 일 차로 귀도에 집결하고, 다시 전력을 나눠 강남으로 건넌다는 뜻인가?"

"그렇다."

"왜 하필 귀도지? 섬은 많잖아?"

"동선이 짧다. 병력 이동에서 동선이 길어진다는 것이 무슨 의미인지 모른다 하진 않을 것이다. 또한, 귀도는 인근의 다른 섬 보다 크지. 대단위 병력이 잠시 집결하기에는 최적의 장소다."

"확실히 그럴듯하네."

이현도 고개를 끄덕였다.

"그댄 그대들의 수하와 함께 귀도에 매복한다. 신호탄을 주겠다. 우리는 귀도에서 십 리 떨어져 있는 곳에서 매복해 있을 것이다. 전투가 시작되면 신호를 보내라. 그럼 우리도 움직이지."

장강 한가운데에서 벌어지는 전쟁.

배가 없이는 도망칠 곳도 숨을 곳도 없다.

누가 무엇을 어떻게 했는지. 또 누가 죽었는지 뭍사람들은 절대 알지 못한다.

세상에 드러낼 수 없는 전쟁을 하기에는 이곳만큼 적당한 곳이 없다.

"동의하는가?"

어염겸이 물었다.

그 물음에 이현은 대수롭지 않게 고개를 끄덕였다.

"뭐, 대충은?"

"그럼 시작하지."

어염겸이 마주 고개를 끄덕였다.

척!

손을 들었다.

펄럭!

오왕부의 깃발이 펄럭였고,

"도망쳐라!"

장강수로채의 쾌속선이 시끄러운 비명을 쏟아 내며 장강의
물길을 내달렸다.

장강수로채와 오왕부의 전쟁이 시작되었다.

적어도 표면상으로는.

*　　　*　　　*

"조심하세요."

귀도를 스치듯 지나가는 쾌속정 위에는 초희가 있었다.

"옐! 걱정해 주는 거야?"

"누가 그쪽 걱정돼서 이러는 줄 알아요? 그쪽 잘못되면 동생이 슬퍼할 테니까 이러는 거죠!"

초희의 당부에 이현이 씩 웃으며 능글맞게 굴었지만, 돌아오는 것은 결국 또 타박뿐이었다.

"하여간 저년은 볼 때마다 못 잡아먹어서 안달이라니까? 저러니까 련주가 싫어하지."

짧게 투덜거린 이현은 고개를 돌려 주위를 살폈다.

수적선이 떠난 뒤를 이어 저 멀리서 군함이 들이닥치고 있었다. 군함이 가진 높은 선고(船高)는 마치 거대한 벽이 다가오는 것 같은 착각이 들게 했다.

표면상으로는 오왕부의 군함이 도망치는 수적선을 뒤쫓는 모습을 연출하고 있었다.

실제로 처음부터 그것이 원하는 그림이었고.

어찌 되었든 사전에 약속된 대로 척척 진행되고 있었다.

"비 오면 잠기는 섬이라더니 정말 뻘이군요. 다행히 매복하는 데 어려움은 없겠습니다."

그 사이 주위를 훑어보던 옥분이 말했다.

귀도. 그러니까 거북섬은 크다. 그럼에도 사람은 살지 않는다. 건기에는 문제가 없지만, 우기가 되면 잠겨 버리는 곳이다. 그런 곳에 사람이 살 수 있을 리 없다.

힘들게 지은 농작물이 떠내려가는 건 물론, 사람까지 떠내려갈 테니까.

그러한 이유로 버려진 귀도는 아직도 지난번 우기 때의 흔적이 고스란히 남아 있었다. 우기 때 떠내려온 부산물과 부러진 나무줄기가 여기저기 걸려 있었고, 땅은 온통 진창이다.

덕분에 매복할 곳은 많다.

문제는.

"벌레가 많네?"

들끓는 날벌레들이었다. 강물에 막혀 오랫동안 섬에 갇혀 있었던 날벌레는 오랜만에 만난 사람이란 생물에, 맹렬하게 달라붙으며 구애하고 하고 있었다.

물론, 그 구애라는 것이 인간의 입장에서는 상당한 짜증과 귀찮음을 유발하고 있었지만.

후두둑!

옥분은 이현이 신경질적으로 손을 털 때마다 떨어지는 날벌레를 보며 이야기를 계속했다.

"벌레야 어쩔 수 있겠습니까? 그보다 이제 우리도 슬슬 매복 준비를 해야 하지 않습니까? 상대가 언제 올지도 모르고……."

옥분의 걱정은 당연했다.

매복이라는 것은 단순히 주변의 지형지물을 이용해 숨는

것이 전부가 아니다. 온전히 존재를 감추려면 대대적인 공사가 있어야 한다. 모습을 감추기 좋게 주변 지형을 인위적으로 이동하고 수정해야 하는 것이다.

"하하하! 맡겨만 주십시오! 그런 건 또 우리 전문 아니겠습니까! 얘들아 삽질하자!"

다행이라면 그런 쪽으로는 정만이 제법 경험이 있다는 점이다.

옥분이 정만을 보고 무식한 산적이라고 욕하곤 했지만, 매복에 대한 경험과 능력만큼은 인정해야 했다.

산적이 영업 나설 때마다 하는 일이 매복이었으니 그야말로 전문 분야라고 할 수 있었다. 실제로 정만의 명령이 떨어지기 무섭게 그의 수하들은 일사천리로 작업을 진행하고 있었다.

흑도 출신, 그리고 마적 출신들은 그저 손도 못 대 보고 구경만 하고 있을 뿐이다.

하지만.

"부련주님……?"

"……."

정작 이현은 적극적인 자세로 일을 하고 있는 수하들에게 시선조차 주지 않았다.

대신 언제 뽑았는지 모를 검을 든 채 가만히 정면을 바라볼 뿐이다.

좌아아앗!

이현의 앞. 귀도 옆으로 거대한 군함 한 척이 스쳐 지나간다.

아주 느릿한 속도다.

옥분은 한눈에 그 군함이 여타의 다른 군함보다 큰 선체와 높은 선고를 지니고 있음을 알아차렸다. 더불어 측면에 빼곡하게 배치된 함포의 수도 다른 군함보다 훨씬 많다는 것까지.

'기함?'

옥분은 속으로 중얼거렸다.

그런 추측을 확인시켜 주기라도 하듯 군함 난간 위에는 좌도독 어염겸이 무표정한 얼굴로 서 있다.

드드득.

착각이었겠지만, 바람결에 기묘한 소리가 섞여 들어왔다.

'아, 아니 착각이 아니다!'

선체 옆면으로 튀어나온 포문이 움직인다.

그리고.

펑!

함포가 발사됐다.

*   *   *

함포가 연신 불을 뿜는다.

십여 척의 군함에 포위된 귀도는 희뿌연 먼지구름을 비명처럼 쏟아 냈다. 여기저기 부서진 나뭇조각이 하늘로 솟구치고, 끝날 줄 모르는 함포 소리는 천지를 가득 채웠다.

살아남지 못한다.

누구도. 설혹 그 대상이 작금 무림의 천하제일인으로 평가받는 무당신마 이현이라 해도 마찬가지다.

수로채가 아무리 함포 성능을 개발하고, 무림문파가 화기를 개발해도 군부의 그것과는 어쩔 수 없는 수준 차이라는 것이 존재한다.

연구 개발에 투입되는 액수도 인재의 양과 숫자도 다르다. 하다못해 그 쓰임의 빈도조차 비교할 수 없다.

무수한 실전을 통해 확인과 개선, 개발을 진행해 온 것이 군부의 화기다.

지금쯤 귀도에 갇힌 이현은 이미 산산조각으로 찢어져 그 천지사방 어디에서도 그 흔적조차 찾을 수 없으리라.

좌도독 어염겸이 이를 모를 리 없다.

아니, 어염겸은 누구보다 함포의 위력을 믿는 사람 중 하나다.

"포격을 멈추지 마라."

그럼에도 포격을 계속할 것을 명했다.

두 눈은 여전히 희뿌연 먼지구름에 가려진 귀도를 향한 채였다.

'무슨 의미였는가. 그 웃음……'

포격 전.

검을 뽑아 든 이현과 눈이 마주쳤다.

그리고 포격이 시작된 그 순간 어염겸은 보았다.

이현은 웃었다.

백전을 치러 온 어염겸조차 순간 굳어 버릴 만큼 섬뜩한 미소였다.

'착각이었는가.'

그러나 정작.

포격이 시작된 순간에도, 어염겸이 올라탄 기함이 귀도에서 거리를 벌리는 순간에도, 또 계속해서 포격을 가하는 지금 이 순간에도.

어떤 반응도 없다.

반격은커녕 등평도수나 능공허도로 귀도를 탈출하려는 시도조차 없었다.

마치 귀도를 무덤으로 삼으려는 것처럼.

그렇게 얼마나 지났을까.

천지 간을 가득 채우던 포성이 간헐적으로 잦아들기 시작했다.

"도독! 더는 포탄이 없습니다!"

부관이 다가와 그 이유를 보고했다.

열 개의 군함이 준비해 온 포탄을 모두 소모했다. 지금 귀
도를 포격하는 데 들어간 금액만 따져도 천문학적이다.

"……왕부에 보고하라."

"예!"

여전히 뿌연 먼지구름에 휩싸여 있는 귀도를 향해 시선을
고정한 채 어염겸이 명령했다.

이윽고 부관이 급히 달려가 급히 서찰을 작성했다.

　　지금. 무당신마 포격 완료.

급히 휘갈긴 짧은 글귀.

푸드득!

부관은 채 먹물이 마르기도 전에 서찰을 전서구의 다리에
묶어 날려 보냈다.

어염겸이 입을 연 것은 날아오른 전서구가 그의 눈앞을 지
날 때였다.

"접안(接岸)하라. 신마의 죽음을 확인한다."

펄럭!

왕부의 깃발이 나부꼈다.

그와 더불어 귀도를 포위했던 군함이 일제히 귀도를 향해 천천히 거리를 좁히기 시작했다.

후욱!

바람결에 귀도를 가렸던 먼지구름이 흩어지고.

처참하게 망가진 귀도의 풍경이 어렴풋이 모습을 드러내고 있었다.

"죽었군."

어염겸이 낮게 중얼거렸다.

드러난 귀도의 모습 그 어디에도 살아 움직이는 이의 그림자는 존재하지 않았다.

*　　*　　*

"포격이 끝났다고 합니다."

호설귀의 대답에 사도련주는 세수하듯 얼굴을 쓸었다.

"……알겠소. 이만 나가 보시오."

그리고 축객령을 내렸다.

"죽은 것이오? 무당신마!"

호설귀가 나가고 텅 빈 집무실에서 낮게 질문을 던졌지만, 대답이 돌아올 수 없음은 사도련주도 잘 알고 있었다.

그저 혼잣말일 뿐이다.

당장의 이 무거운 마음을 덜어 내기 위한.

"배신이라……."

처음부터 사도련을 기습하려는 정파의 무리들은 존재하지도 않았다. 당연히 황실의 개입도 없었다.

없던 일이다.

그 없던 일 때문에 이현은 적조의혈단을 이끌고 귀도로 향했다. 그리고 집중포화 속에서 생사가 불분명해졌다.

알고 있었다. 이미.

있지도 않은 정파의 무리들도, 황실의 개입도.

모두 사도련주와 호설귀의 머리에서 나온 것이었으니까. 그러한 명분으로 오왕부와의 연합작전을 정당화시키고, 아무것도 모르는 이현을 위험으로 내몰았다.

"어쩔 수 없었다!"

변명해 보지만 달라지는 건 없다.

아무리 오왕부에서 그의 부인과 청화를 인질로 잡아 이 모든 일을 종용했다고 해도, 결국 결과는 바뀌지 않는다.

아니, 따지고 보면 그조차도 사도련주 자신의 잘못이었다.

처음부터 오왕부와 손잡은 것은 그의 결정을 따른 것이었으니까.

"오왕……!"

오왕을 믿었다. 오랜 세월 그와 쌓아 온 신뢰를 믿었고, 왕이 볼모로 보내온 왕자와 공주들의 무게를 믿었다.

하지만, 철저히 배신당했다.

오왕은 그와 오랜 세월 쌓아 온 신뢰를 배신했고, 볼모로 보낸 왕자와 공주들을 장기판 위의 말처럼 내던졌다.

그런 오왕이 요구했다.

무당신마의 죽음.

그 대신 볼모로 잡은 부인을 돌려주겠다고 약속했다.

오왕은 이미 한 번 배신했다. 하지만 그럼에도 부인을 인질로 잡힌 사도련주가 선택할 수 있는 것은 오왕을 믿는 것밖에 없었다.

믿지 않으면 죽는 건 부인이었으니까.

목숨보다 소중한 연인이다. 그의 씨를 잉태한 여인이다. 지난날의 시련과 아픔을 딛고 행복한 미래를 함께 꿈꾸던 반려다.

그런 그녀를 죽게 할 수 없었다.

그녀에 대한 마음이 사도련주가 이런 선택을 할 수밖에 없도록 강요했다.

"일호!"

사도련주의 부름에 허공에서 검은 그림자가 모습을 드러냈다.

온통 검은 천으로 뒤집어쓴 사내.

흑풍이다.

그를 향해 사도련주가 말했다.

"오왕에게도 소식이 전해졌을 것이다."

사도련이 파악한 일이다. 이번 포격의 주체였던 오왕이 이 소식을 모를 리 없다.

끄덕!

흑풍은 고개를 끄덕이며 답했다.

"준비하지."

사도련주는 약속을 지켰다.

이제 남은 것은 오왕이 약속을 지키는 것이다.

사로잡힌 부인을 되찾아 와야 한다.

흑풍과 사도련주.

그리고 오왕이 장기판의 말처럼 내던진 왕자와 공주.

그들은 최소한의 규모로 오왕부를 향했다.

*   *   *

마교가 만든 건 검이었다. 의문도, 감정도 없이 오롯이 주인의 의도에 의해 목숨을 취하는 것이 최고의 미덕인 무생물.

그러기 위해 마교는 천 명의 아이를 지하 갱(坑)에 모았고,

서로가 서로를 죽이게 했다. 천 명의 아이가 오백이 되었을 때 무공을 가르쳤고, 그 숫자가 이백이 되었을 때 빙혼정을 심었다. 빙혼정의 기운을 이기지 못하고 죽은 이가 또 오십. 그리고 마교는 남은 백오십을 사지로 몰아넣었다. 언제 누가 죽어도 이상하지 않을 임무 속에서 하나가 되었고, 한 몸이 되었으며 백 하나가 남았다.

살아남기 위해서 검이 되어야 했다. 살아남으니 검이 되어 있었다.

그리고 그제야 처음으로 주인을 만났다.

그렇게 살았다. 만들어졌다.

당연히 낳아 준 어미의 얼굴이 어떻게 생겼는지, 그 어미의 품이 어떠했는지, 아비는 살아 있었는지, 아니, 형제자매가 존재했는지조차도.

또한, 자신이 현재 마교에 있는 이유가 그저 납치당해 들어온 것인지, 아니면 부모가 돈 몇 푼에 팔아넘긴 것인지도.

의문을 갖지 않았다. 알고 싶지도 않았고, 생각조차 해 본적 없다.

그러나.

제 동생들은 건들이지 말아요.

처음으로 의문을 가졌다.

겁도 없이 앞을 막아선 그녀의 결연한 두 눈에 맺힌 눈물이.

무공은커녕 닭 모가지 비틀 힘도 없어 보이는 몸으로 제 동생들을 끌어안는 그녀의 떨리는 몸뚱이가.

처음으로 궁금하게 만들어 버렸다.

얼굴도 기억나지 않는 어미 역시 이러했을까.

제 핏줄에 닥친 위험에 두려움을 이기지 못해 사시나무처럼 떨리는 몸으로 반항하려 했을까.

아니, 그래도 한번쯤은 저렇게 안아 준 적이 있지 않을까.

궁금했다.

그래서 그랬는지도 모른다.

살인은 익숙한데. 눈도 뜨지 못한 갓난아기부터 숨만 겨우 붙어 있는 죽어 가는 노인은 물론, 사내와 여인까지.

너무나 익숙한 일이고, 숨 쉬듯 자연스럽게 할 수 있던 그 일을 망설였다.

주인이 내린 임무에 방해가 될 수 있음을 알면서도 죽이지 못했다.

　　무슨 일이든 할게요. 제가 매일 청소하고, 매일 식사
　　준비할게요. 저 요리 잘해요! 아니, 잘할걸요? 그러니까 제발 내쫓지 말아 주세요.

심지어 그녀와 그녀의 어린 동생들이 머무르는 것을 허락했다.

아니, 처음부터 그녀의 집이었다.

다만 몇 번의 조작과 사기로 그 소유권이 마교로 넘어간 것이 문제였을 뿐이었다.

결론적으로 말하자면 그것이 실수였다.

그녀에게도, 그녀의 어린 동생들에게도. 또한, 마교와 그들에게도.

그녀는 놀라운 사람이었으니까.

어떤가요? 나름 열심히 준비했는데. 맛있나요? 맛
있죠?

요리부터 놀라움이었다.

그녀의 그 요리 하나는 생을 영위할 수만 있다면 음식은 그 맛이 어떻든 모양이 어떻든 전혀 상관없다는 믿음을 송두리째 바꾸어 놓았다.

지독하게도 맛이 없었다. 아니, 처음에는 독극물인줄 알았다. 스스로 요요한 형광색 빛을 발하는 그것은 실제로 몇몇을 장염이라는 생소한 병에 걸리게 만들 만큼 위협적이었다.

요리는 맛있어야 한다. 맛있는 요리야말로 신이 내린 축복이다.

그녀의 요리는 그것을 확실히 가르쳐 주었다.

단 한 번의 요리 이후 더 이상 누구도 그녀에게 요리를 시키지 않았다.

그리고 그녀는.

걱정했잖아요! 며칠째 연락도 없으시고, 오시지도 않고! 어서 들어오세요! 식사는요? 끼니는 제대로 챙겨 드셨어요? 목욕물 데워 놨으니까 우선 먼저 씻으세요!

처음으로 누군가 기다려 주는 사람이 있음을, 대신 가슴 졸여 주는 사람이 있음을 알게 해 주었다.

그리고 그것이 얼마나 놀랍도록 사람을 가슴 따뜻하게 만들어 주는지도 깨닫게 해 주었다.

어머! 다쳤잖아요! 다쳤으면 이야기를 하셔야죠! 어쩜담? 잠시만 기다려요! 의원님을 모셔 올게요!

목숨에 지장 없는. 고작 작은 자상 하나에 이렇게 화를 내

고 호들갑을 떠는 이가 있다는 것을 처음 알려 주었고,

가만히 있어요! 지금 환자라고요! 그러다 탈나면 어
쩌시려고 그래요!

환자가 죽어야 할 이가 아닌, 보살핌을 받고 쉬어야 하는
사람임을 처음 가르쳐 주었으며,

꿈이 뭐예요? 바라는 거요. 이 다음에 이렇게 되었
으면 좋겠다 하는 것 말이에요. 음…… 저는, 현모양처
가 되고 싶어요. 부유하진 않아도 좋아요. 그저 사랑
하는 사람과 행복한 가정을 꾸리고, 귀여운 아이들과
함께 살아가는 것이 제 꿈이에요.

평범한 사람들은 꿈이란 것을 품고 산다는 것도 알게 해
줬다.
처음. 처음. 처음. 모든 것들이 처음이다.
그렇기에 그녀의 말 하나하나는 놀라움의 연속이었고, 그
렇기에 그녀의 말 하나하나에 집중하고 귀 기울였다.
그리고 그녀는.

항상 고마워요. 제 뻔뻔한 부탁을 들어주셔서. 이렇게 동생들과 함께 이곳에 남아 있을 수 있도록 해 주셔서. 이젠 알아요. 비록 무뚝뚝하고 거친 분들이시지만, 사실은 정말 좋으신 분들이라는 걸요.

좋은 사람이라고 했다. 오로지 살인을 위해 만들어진 살인귀에게.

그녀의 그 말이 좋은 사람이고자 하게 했다.

적어도 그녀에게만큼은.

밖에서는 수많은 피를 묻히고 수많은 목숨을 거두어도, 어떤 저주와 욕설을 먹어도, 그녀의 앞에서만큼은 좋은 사람이고 싶었다.

그녀가 처음 이름을 지어 주었을 땐.

거짓말! 세상에 이름이 없는 사람이 어디 있어요! 길가에 핀 들꽃에도 이름이 있는 걸요! 아, 안 되겠어요! 괜찮으시면 저라도 이름을 지어 드릴게요. 음…….

그 생경한 감정에 밤새 잠을 설쳤다.

그리고 그녀가 지어 준 그 이름을 몇 번이고 속으로 되뇌었다.

놀랍게도 그녀는 불과 몇 달이란 시간 동안 마교에서 배우고 각인된 모든 것을 송두리째 바꾸어 놓았다.

욕심이 생겼다.

주인의 목적에 이리저리 휘둘러지는 검이 아닌, 살아 있는 사람이고 싶어졌다.

그녀가 말하는 보통의 사람.

그리고 그 욕심이 그녀의 모든 것을 빼앗아 갔다.

감정이 깃든 칼은 때때로 주인의 손을 벗어났다.

주인의 손에서 벗어난 칼을 마교가 용납할 리 없었다.

버림받았다.

마교의 간자임이 사도련의 수뇌부에 알려졌고, 마교는 다시 검이 될 것인지, 폐기될 것인지에 대한 선택을 강요했다.

그 과정에서 그녀는 모든 것을 잃었다.

마교와 주인을 버리고, 사도련을 장악했을 때에는 돌이킬 수 없는 상황이었다.

그녀가 목숨처럼 지키고자 했던 동생들도, 그녀의 두 눈과 다리도. 그리고 그녀가 꿈꾸었던 화목한 가정도 모두.

이후 오랜 세월을 자책과 죄책감으로 살았다.

그런데 그것이 바뀌었다. 비록 일부이나마 그녀가 잃었던 것이 돌아왔다.

두 눈과, 두 다리. 그리고 그녀가 꿈꾸던 화목한 가정.

불어 오르는 그녀의 배를 보며, 그 속에 잉태된 새로운 생명의 태동을 곁에서 지켜보는 것만으로도 행복에 빠져들었다.

마치 하루하루가 좋은 꿈을 꾸는 듯만 했다.

그리고 이제.

그 꿈이 악몽이 되었다.

오왕은 그녀를 인질로 잡았고, 그녀의 목숨은 위태롭다.

이제 할 일은 정해졌다.

거대한 정문.

평소와 달리 문지기조차 없는 정문을 떠받치는 두 개의 기둥에 양각된 용의 두 눈이 오늘따라 유독 가슴 시리게 파고들었다.

그녀를 구하기 위해서는 용의 아가리 속에 뛰어 들어야 한다.

어쩌면 죽는다.

"돌아가도 좋다."

불안한 미래를 응시하던 귓가로 목소리가 들려왔다.

앞에서 들려온 목소리다. 그 목소리를 쫓아 시선이 돌아갔다.

어깨가 보이고 푸른 머리칼이 보인다.

사도련주다.

그녀가 사랑한 사람.

가장 오랜 세월을 함께해 온 전우.

빙혼정을 매개로 혼과 혼이 연결되어 있기에 어렴풋이나마 알 수 있었다.

진심이다.

그 진심에 답했다.

"건방 떨지마라. 너 때문에 온 것이 아니다!"

그리고 앞장서 걸었다.

평생을 사도련주의 뒤에서 그의 그림자로 살아왔으나 오늘은 아니다.

벌컥!

망설임 없이 문을 열었다.

"……."

서늘한 살기가 목덜미를 훑고 지나갔다. 왕좌에 앉아 오만하게 내려다보는 오왕의 좌우 그리고 그 밑으로 군진을 짠 병사들이 창칼을 겨누고 있다. 건물 지붕 위에는 궁수들이 시위를 당긴 채 언제든 활을 쏘아 낼 태세를 마치고 있었다.

이 분위기가 무엇을 의미하는지 모를 리 없다.

그럼에도.

"약속을 지켰습니다. 하오니 이제 그만 제 부인을 놓아 주시지요."

사도련주는 고개를 숙였다.

지금 중요한 것은 그녀의 안전이었으니까.

"아, 아바마마!"

그에 화답해 다른 동료들도 움직였다. 저마다 칼을 뽑고 왕자와 공주의 턱 끝에 칼을 겨누었다.

약속을 지키지 않으면 오왕의 아들딸들을 죽이겠다는 무언의 협박이었다.

"크허허허헛!"

그럼에도 오왕은 웃었다.

"괜한 협박을 하는구나. 어찌 황상의 아래에 사는 과인이 한낱 역도 따위의 말을 듣겠느냐! 내 자식들을 죽이려거든 그리하거라. 자식이야 또 낳으면 될 일!"

한 치의 머뭇거림도 없이 제 혈육을 버리고,

"여봐라! 감히 황상에 반기를 든 역적 도당들이다! 모두 죽이거라!"

거침없이 공격을 명령했다.

끝났다. 더는 협상의 여지가 없다. 오왕은 약속을 지키지 않을 심산이다. 예상은 했다. 왕자와 공주를 볼모로 내놓고도 그녀를 인질로 삼아 배신을 했을 때부터.

그럼에도 믿을 수밖에 없었을 뿐이다.

"끝이군!"

그렇다면 이제 움직여야 할 때다.

추확!

칼을 움직였다. 목 끝에 놓인 칼날에 새하얗게 얼어붙은 왕자와 공주의 목을 쳤다. 붉은 피 분수가 치솟아 얼굴을 덮쳤으나 피하지 않았다.

어차피 곧 피로 적실 몸이다.

그전에 미리 적신다 한들 달라지는 것은 없다.

"흑풍!"

사도련주는 아직도 미련을 버리지 못했는지 놀라 소리쳤지만, 더는 그의 말을 귀담아 듣지 않았다.

"내 이름은 휘영(輝映)이다. 무린."

그녀가 지어 준 이름이다. 밝을 휘 비출 영.

흑풍. 흑풍 일호라는 이름은 거부했다.

평생 천마의 칼로, 사도련주의 그림자로 살아왔으나, 오늘만큼은 아니다.

모든 것이 휘영이란 이름을 가진 한 사람으로서 스스로 내린 결정이다.

사지나 다름없는 이 자리에 제 발로 걸어 들어온 것도, 오왕의 자식들을 베고, 칼을 겨눈 것도. 오왕의 병사들을 향해 가장 먼저 몸을 날린 것도.

창칼이 벽을 이루어 찔러 들어온다. 쏘아진 화살이 순식간에 눈앞으로 들이닥쳤다.

많다. 그 수는 지금껏 흑풍으로서 경험한 그 어떠한 적보다 많았다. 군병과의 싸움도 처음이다. 진형도, 대응도 생소하기만 하다.

얼마나 버틸 수 있을지, 얼마나 죽일 수 있을지도 모른다. 끝까지 살아 돌아갈 수 있는 확률은 아마 없을 것이다.

그럼에도 멈추지 않았다.

오히려 속도를 높였다.

그 곁을 동료들이 함께했다. 흑풍이란 칼로, 혹은 그림자로 이름 없이 평생을 살아온 이들이다.

빙혼정이란 이름의 족쇄로 묶인 그들의 마음은 모두 같았다.

지킨다.

그렇게 결정했다.

펄럭!

지금껏 스스로 옥죄었던 검은 피풍의를 벗어 던졌다.

사도련주만 그녀를 사랑한 것이 아니다.

흑풍도 사랑했다. 그녀는 흑풍에게 누이였고, 친구였으며, 이름 없는 그림자들을 사람으로 바꾼 어미였다.

第五章

앞이 보이지 않는다는 건 곧 다른 감각을 통하여 세상을 바라보아야 한다는 것을 의미했다.

주위에서 들려오는 소리, 느껴지는 온도, 만질 수 있는 촉감. 그리고 그 모든 것을 아우르는 분위기.

할 수 있는 모든 것을 동원해야만 암흑 속에서 고립되지 않는다.

적지 않은 세월 동안 앞을 보지 못하는 채로 살아오면서 자연스럽게 깨달았고, 터득했으며, 또 노력해 왔다.

다시금 눈을 되찾았음에도, 그러한 습관은 버릇처럼 몸에 배어 사라지지 않았다.

오왕부 동궁 별채에 연금되었을 때, 누구도 먼저 지금의 상황을 설명해 주지 않았음에도 알 수 있었던 것은 그러한 탓이다.

누구도 입을 열어 말해 주지 않는다. 하지만, 그들은 그보다 많은 것들을 말해 주고 있다.

번을 서서 감시하는 병사들의 굳은 걸음걸이와 몇몇이 은연중에 흘리는 살기, 떨리는 시비들의 몸짓과, 그들끼리 주고받는 숨죽인 귓속말들이 모든 것을 말해 주고 있었다.

오왕이 배신했다.

사도련을 향한 배신이었고, 그것은 곧 사도련주를 배신했음을 의미했다.

황태자와 손을 잡았다고 했다.

사도련이 오왕을 앞세워 황실을 전복시키려는 계획을 세우고 있음을 밝히고 서로가 원하는 바를 주고받았다고 했다.

황태자는 오왕부에게 소금 독점권을, 오왕은 황태자에게 무당신마와 사도련주의 죽음을 약속했다고 한다.

그리고 깨달았다.

자신이 사도련주를 옥죄는 족쇄다.

오왕은 자신의 안위를 미끼로 사도련주를 위험에 빠트릴 것이다.

그럼에도 쉽사리 결정을 내리지 못한 것은 뱃속에 있는 아이 탓이다.

간절히 바라 왔던 아이가 뱃속에서 자라고 있다. 이따금씩 느껴지는 태동이 결정을 미루게 하고 있었다. 불러 온 배는 이 제 곧 뱃속에 아이가 세상의 빛을 볼 날이 얼마 남지 않았음 을 이야기해 주고 있었다.

그러나 그것도 여기까지다.

오왕부가 소란스러워졌다. 연금된 동궁 별관까지 그 소란 한 분위기가 전해질 정도다. 더욱이 주변을 지키던 병사들까 지 상당수 차출되어 움직이는 것을 보면 결코 가볍게 넘어갈 수준의 소란은 아닐 것이다.

그리고 그것은 어떤 식으로든 사도련주와 오왕의 접촉이 있음을 의미했다.

이제 더는 선택을 미룰 수 없었다.

안타까운 손길로 불어 온 배를 쓰다듬은 뒤 어렵게 입을 열 었다.

"동생."

"예. 언니! 무슨 일이세요?"

아직 상황을 알지 못하는지 청화가 고개를 갸웃거리며 물 어 왔다.

입에는 한가득 당과를 물고 있는 상태다.

청화의 반문에 조심스럽게 주위를 살폈다. 번을 선 병사들은 방문 밖에서 대기 중이라는 사실은 알고 있다. 하지만, 사도련의 안주인으로 지내 온 경험상 그들의 무공이 그리 내세울 정도가 아님은 안다.

오히려 이따금씩 불규칙적으로 방 안에 들어와 상황을 살피는 황궁에서 왔다는 무사들이 무공 면에서는 훨씬 앞선다. 아니, 사도련의 안주인으로 있으면서 경험한 어떤 무인보다 긴장하게 만들 정도다.

목소리를 낮추었다.

"동생은 무공을 익혔지?"

청화가 무당파의 제자였다는 건 익히 알고 있다.

"네! 사형이랑 사질이 가르쳐 줬어요. 그런데 사질이 저 보고 재능이 없대요. 둔하다…… 읍?"

그 물음에 청화가 천진하게 대답했다. 지나치게 목소리가 높다.

움찔해서 급히 청화의 입을 막고 문밖의 동정을 살폈으나, 다행히 번을 서고 있는 병사들에게서는 이렇다 할 반응이 없었다.

방 안에서 어떤 대화가 오가는지 관심을 두지 않는다는 뜻, 혹은 자유자재로 엿들을 능력이 없다는 뜻이리라.

"미안. 동생."

그제야 마음을 놓고 놀란 눈으로 바라보는 청화의 입을 풀어 주었다.

"왜 그러세요? 언니?"

청화가 물었다.

그 물음에 몇 번이고 마음을 다잡아야 했다.

"혹시 동생이 무공을 익혔다면, 이 젓가락으로……."

그럼에도 쉽사리 끝말을 맺지 못했다.

독하게 마음을 먹자고 속으로 되뇌어도 자꾸만 약해지는 마음을 가눌 수가 없었다.

툭!

그때 뱃속의 아이가 움직였다.

"……."

그 움직임에 가만히 배 위에 손을 얹고 있으니 어떤 말도 할 수가 없었다.

청화는 그저 맑은 눈으로 지켜볼 뿐이다.

이번에는 청화가 먼저 툭 던지듯 입을 열었다.

"만약 무슨 일 생기면 그 젓가락으로 죽여 달라고 하실 건 가요?"

그 말에 도리어 놀라 버렸다.

순수하게만, 항상 아이 같게만 보았던 청화의 입에서 그런 말이 튀어 나올 것이라고는 상상도 하지 못했으니까.

아무리 어리고 순수하다고 해도, 청화 또한 무공을 익힌 무인이었다.

청화가 묻는다.

"왜 그런 생각을 하셨어요? 오왕이란 할아버지가 배신해서
요? 아니면, 아저씨가 위험해져서요? 언니 때문에요?"

마주한 청화의 맑은 두 눈을 차마 마주하지 못했다.

"아, 알고 있었니?"

솔직히 놀랐다.

연금된 이후에도 청화는 밝았다. 해맑은 웃음을 지었고, 때
마다 시비들이 차려 주는 맛있는 식사를 망설임 없이 먹었다.

바로 방금 전처럼.

아무것도 모르는 순진한 아이처럼.

그런데 그것이 아니었다.

"당연하죠."

청화가 고개를 끄덕였다.

"이렇게 갇혔잖아요. 문밖에 감시하는 아저씨들도 있는 걸
요? 그리고 사질이 그랬어요. 오왕이라는 할아버지 왠지 찝찝
하다고요! 사질 말이 맞았어요."

이어지는 청화의 설명에 의문이 들었다.

"그런데 왜?"

왜. 아니, 어떻게.

이미 알고 있으면서 아무런 내색도 하지 않을 수 있는지,

어떻게 이렇게 태연할 수 있는지 알 수 없었다.

청화는 어깨를 으쓱했다.

"아무 일 없을 거잖아요. 갇혀 있는 게 고작인 걸요. 원하는 걸 얻기 전까진 저희를 해치지 못해요. 저희는 인질이니까요."

비록 동궁 별관에 연금되어 있지만, 사실 그 뿐이다. 병사들은 출입을 제약할 뿐 허락 없이 방 안으로 들어오는 일은 없다. 이따금씩 황궁에서 온 무사들이 기습적으로 방 안으로 들어오지만, 그 때뿐이다. 그들 또한 힘으로 억압하려 하지 않는다. 시비들도 마찬가지다. 항상 식사 때가 되면 이전과 다를 바 없는 음식을 올렸고, 항상 예의를 차렸다.

이 모든 것이 오왕의 의도임을 안다.

모든 계획이 틀어졌을 때 최후의 보루로 쓰기 위함이다. 그러자면 인질은 최대한 온전한 상태로 보전하는 편이 낫다.

청화는 분명 예상한 것 이상으로 생각이 깊었다.

그러나.

그 해석은 달랐다.

"그래. 맞아. 우리는 인질이란다. 오왕은 우리를 인질로 네 사질과 그이를 위험에 빠트리려 할 테니까. 그리고 그이와 그분들은……."

오왕의 안배는 뻔했다. 하지만, 그 뻔함이 때론 강력한 법이다.

특히나 사도련주와 흑풍은 그 뻔히 보이는 속셈을 알면서도 속으려 할 것이다.

그런 사람들이니까.

아주 오래전부터.

청화의 머리를 쓰다듬으며 작게 말했다.

"나는 동생처럼 무공을 익히지도 않았단다. 그러니 우리를 구하러 온다고 한들…… 나는 발목을 잡는 족쇄일 뿐이야. 힘이 되어 주지도, 그렇다고 빨리 도망칠 수도 없으니까."

무공을 익힌 청화와는 다를 수밖에 없었다. 하물며 홑몸도 아닌 지금의 몸으로는 도망치는 것조차 제대로 할 수 없다.

결국 그 때문에 모두를 다치게 할 것이다.

"그러니까 부탁이야. 동생. 만약에 일이 잘못된다면 나를 죽여 주렴. 그리고 전해 줘. 나는 죽었다고. 그럼 누구도 다치지 않아도 돼."

결국 망설이던 부탁을 입에 올렸다.

차라리 그 편이 모두를 위한 일이었다. 무공을 익힌 청화라면 황실의 무인들에게만 발각되지 않으면, 제 한 몸 도망치는 일은 그리 어려운 일이 아닐 것이다. 그리고 청화가 그 소식을 사도련주에게 전한다면, 사도련주도 이성을 되찾을 것이다.

물러설 것이다. 그럼 사도련주도, 다른 누구도 자신 때문에 위험 속으로 뛰어들 필요가 없어진다.

그렇게 생각했다.

"……"

하고자 한 말을 모두 마치고, 고개를 돌려 먼 곳을 바라보았다.

시간이 지날수록 점점 더 격렬해지는 소란이 못내 마음에 걸렸다.

어쩌면 그 순간이 그리 멀지 않았을지도 몰랐다.

"아기는요?"

문득 청화가 물었다.

"언니가 죽으면 아이도 죽어요."

"하지만, 그렇게 하지 않으면 너무 많은 분들이……."

"걱정하지 말아요."

청화가 두 팔을 벌려 부른 배를 끌어안았다.

"아이한테 안 좋아요. 엄마가 나쁜생각 하면, 아이도 나쁜 생각을 한댔어요. 그러면 안 돼요."

끌어안은 배에 입술을 대고 속삭이듯 말했지만, 그 목소리는 선명하게 전해졌다. 더불어 그 온기까지도.

"믿으세요. 구하러 올 거예요. 그리고 구할 거예요. 저도, 언니도. 아가도요. 사도련주 아저씨는 반드시 그렇게 할 테니까요. 그리고……."

잠시 말을 멈춘 청화는 고개를 들어 눈을 맞추고 환하게 웃었다.

"우리 사질이 있잖아요! 비록 우리 사질이 성격도 나쁘고, 입만 열면 욕뿐이고, 단순무식한 데다가 폭력적이기만 하지만…… 그래도 사질은 구하러 올 거예요. 그리고 사질은 여기서 가장 세요. 그렇죠?"

"제법 믿음이 깊군."

청화가 고개를 돌렸다.

그곳에 황궁에서 왔다는 무인들이 서 있었다. 좌우로 시립한 흑색 복면의 사내 둘, 그 사이로 회색 무복을 입은 사내가 하나다.

언제 방문을 열고 들어왔는지조차 알 수 없다.

그럼에도 청화의 얼굴에는 놀란 기색이 없었다.

마치 이미 허락받지 않은 손님들의 방문을 예상하고 있었다는 듯이.

"……"

들어왔을 때부터 줄곧 그는 청화를 향한 시선을 거두지 않았다.

"아저씨도, 아저씨가 모시는 황태자란 분도 무당파에서 우리 사질한테 졌잖아요."

청화는 그를 알고 있었다.

회의.

무당파에서 이현의 검을 막았던 황태자의 무인.

피식.

그런 청화의 물음에 그는 피식 웃음을 흘렸다.

"맹랑해."

"그렇지만 사실인걸요? 사질이 아저씨보다 훨씬 강하잖아요."

그리고 놀랍게도 그는 청화의 말에 순순히 고개를 끄덕였다.

"맞다. 부서진 조각이지만, 나와는 격이 다르니까. 허나, 내가 패하지도 않는다."

그의 대답에 청화의 얼굴에 한껏 자부심이 가득 찼다.

"봤죠? 사질은 여기서 제일 강하다니까요? 사질만 오면 우린 금방 사도련으로 돌아갈 수 있어요!"

이미 구해진 것이나 다름없다는 투다. 회의가 뒤에 덧붙인 패하지도 않는다는 말은 듣지도 못했다는 듯한 행동이다.

그만큼 청화는 이현에 대한 믿음이 확고했다.

하지만 이어지는 회의의 말에 청화의 표정은 얼어붙어 버렸다.

"……그런 일은 없을 것이다."

"예? 뭐가요?"

"신마가 너를 구하러 오는 일."

"거짓말!"

청화가 소리쳤지만, 회의의 얼굴은 여전히 무표정하기만 했다.

"오왕이 사도련주의 부인을 미끼로 협박했다. 사도련주는 신마를 배신했다. 함정에 빠진 신마는 귀도에서 집중 포격을 받았다. 군함 열 척이 동원된 포격이다."

회의의 말은 거침없었고,

"아무리 신마라도 그곳에서 살아 나올 수는 없다."

냉정했다.

"……!"

사도련주의 배신. 그로 인한 이현의 죽음.

회의가 연거푸 쏟아 내는 충격적인 소식에 지금껏 맑음을 잃지 않던 청화의 두 눈에 물방울이 맺혔다.

청화가 믿고 있었던 것은 이현이다.

어떤 위험이 닥쳐도, 어떤 상황이 되어도.

이현이 지켜 줄 것이다.

남궁방위에게서도 그랬고, 무당파에서도 그랬으니까.

"……안 믿을래. 사질이 죽을 리 없잖아! 혜광 사숙한테 그렇게 맞아도 멀쩡했는데! 우리 사질이 얼마나 독한데! 그런 사질이 죽을 리가 없잖아요!"

청화는 고개를 숙인 채 회의의 말을 부정했다.

그러나 그런 치기 어린 반항으로 회의의 말을 뒤집을 수는 없었다.

"신마는 죽었다."

회의는 이현의 죽음을 선고했다.

그리고.

"사도련주의 부인은 오왕의 처분에 맡기기로 했다. 너는 나와 함께 간다. 쓸 데가 있다."

손을 뻗어 청화를 붙잡았다.

애초에 그가 이 방에 들어온 이유가 그 때문인 듯했다.

"아악!"

배려라고는 없는 억센 회의의 손길에 청화가 얼굴을 찌푸리며 뿌리치려 했지만, 회의의 손에서 벗어날 수 있을 리 없었다.

그때였다.

쾅!

청화를 붙잡았던 회의가 방 한쪽 벽을 부수고 사라졌다. 청화를 붙잡은 사람도 바뀌었다.

"재수 없게! 죽긴 누가 죽어!"

익숙한 목소리였다.

"어? 야. 쥐똥! 너는 또 왜 질질 짜고 있냐?"

말투 또한 낯설지 않았다.

"사질아!"

당연했다.

한방에 회의를 날려 버리고 청화를 차지한 주인은 회의가 죽었다고 단언했던 이현이었으니까.

*　　　*　　　*

바보 천치에 헛하면 눈물이나 줄줄 흘리는 공처가 주제에, 꼴에 별호가 빙혈도제다.

그게 사도련주다.

안에서야 줄줄 새는 깨진 바가지지만, 밖에서는 피도 눈물도 없는 냉혈한이며, 절대적인 권력을 가진 사파의 주인이다.

그런 사도련주가.

오왕의 배신에, 오왕의 요구에 굴복해야 한다. 지킬지, 지키지 않을지 모르는 약속을 믿어야 한다. 아니, 지켜지지 않을 가능성이 높은 약속을 믿어야 한다.

당연히 곱게 믿어 줄 수는 없다. 빙혈도제씩이나 되는 인간이 그 정도로 호구일 리 없다.

애초에 그런 호구였으면 지금의 사도련주라는 자리는 앉지도 못했을 테니까.

오왕은 사도련주에게 이현을 배신할 것을 요구했고, 이현의 죽음을 요구했다. 그리고 사도련주는 그에 필요한 모든 것들을 계획했고, 실행했다.

물론, 그 모든 것들은 오왕의 감시와 허락 하에 이루어진 일이다.

그럼에도 사도련주는 안배했다.

이현을 잡는 함정으로 귀도를 택한 것은 그 안배의 시작이다.

귀도의 시작은 본디 돌섬이다. 수천 년 동안 계속되었을 강의 침식으로 깎이고, 또 쓸려 내려오는 퇴적물에 뒤덮여 있었으나 그 뼈대가 단단한 암석이라는 사실은 변하지 않는다.

군부에서는 관심 두지 않는 사실이다.

하지만, 오랜 세월 장강을 생존의 터전으로 살아온 수적들에게 있어서는 중요한 정보다. 장강에 떠 있는 섬들이야말로 수적들이 애용하는 보금자리이자, 최후의 도주처였으니까.

사도련주가 선택한 귀도에는 동굴이 있다. 뒤덮인 무른 진흙 아래에는 강물이 깎아 만든 깊은 동굴이 있다. 거미줄처럼 얽힌 동굴은 강과 닿아 있다.

그것이 사도련주가 안배한 이현의 살 구멍이다.

초희를 통하여 수로채의 협조를 얻은 것 또한, 그 살 구멍을 보다 잘 활용하기 위함이었다.

강에서의 일은 수로채만큼 빠삭한 이들도 없었으니까.

그리고.

이야기했다.

이현이 떠나기 전.

　오왕이 부인과 선자를 인질로 삼았소. 귀도는 함정
이오. 하오나 귀도 아래에 피난처를 구할 수 있을 것이
오. 이후의 일은 초 소저께 일러두었소.

전음으로 한 언질이었다.

이현도 일단은 그 장단에 놀아 주었다.

화포가 터지는 순간 지반을 무너트렸다.

"웃기지 않아? 명색이 사파 주인이라는 인간이 사파는 죽
어도 안 믿어. 안 그래?"

이현은 씩 웃으며 고개를 돌렸다.

"양동작전인가?"

그의 시선이 닿는 곳에 회의가 걸어 들어오고 있었다.

걸어오는 회의의 머리 위로 신호탄 하나가 허공을 향해 날
아오르고 있었다.

"뭐, 대충은?"

이현이 기습적으로 회의를 공격했을 때. 회의는 그 찰나의
순간에도 검을 들어 이현의 공격을 막아 냈다. 물론, 그 힘을
이기지 못하고 꼴사납게 날아가 처박혔지만 말이다.

"빙혈도제가 시선을 끌고, 그대가 인질을 구출한다?"

"정답!"

회의의 물음에 이현은 순순히 고개를 끄덕였다.

그리고.

"사파를 총동원해서 전면전을 벌이면 분명 배신하는 놈이 나올 거라더군. 인질의 안전도 위험해지고. 그럼 이것 말고는 방법이 없지."

"얕은 수!"

"통했으면 성공이지."

이현은 대수롭지 않게 받아쳤다.

회의의 말대로 얕은 수다. 전쟁에서 양동책을 펼치는 건 특별할 것 없는 흔한 일이다. 그러니 지금 같은 경우를 회의나 오왕이 예상하지 못했을 리 없다.

그럼에도 오왕과 회의는 그 얕은 수에 당했다.

무당신마. 이현이 죽었다고 믿었으니까. 십여 척의 군함이 쏘는 집중포격을 받고도 멀쩡히 살아올 수 있는 인간은 없다 확신했기에 생긴 일이었다.

그래서 포격에 성공했다는 전갈을 받은 후, 양동책에 대한 경계는 풀어 버렸다.

그리하여 현재.

오왕부에 상주한 병력 대부분이 사도련주를 제압하는 데

집중 투입되었다. 덕분에 이현은 손쉽게 이 자리에 있을 수 있었다.

"그렇군."

회의가 고개를 끄덕였다.

대화를 나누는 동안에도 회의는 천천히 거리를 좁혀 오고 있었다.

그리고.

휙!

지금껏 갑작스러운 상황에 아무런 대처도 하지 못하고 있던 회의의 두 수하들이 움직였다.

좌우에서 이현을 향해 기습적으로 검을 휘둘러 온다.

휘릭!

고작 그런 기습에 넋 놓고 당할 수는 없다.

허리를 굽힘과 동시에 손에 쥔 검을 역수로 바꿔 쥐었다.

푸욱!

그리고 몸을 빙글 돌려 우측에서 들어오던 상대의 복부를 깊게 찔렀다.

퍼석!

한쪽 다리를 뻗어 좌측에서 공격해 들어오던 상대의 머리를 터트려 버린 것도 그와 거의 동시에 이루어진 일이었다.

성공적으로 기습을 막았다.

"치잇!"

그럼에도 이현의 입에서는 불만 섞인 신음이 터져 나왔다.

쉬익!

'더럽게 빠르네!'

그 짧은 틈에 회의가 코앞까지 다가와 있었다.

예상은 했지만, 빨라도 너무 빠르다.

머리통을 박살 냈던 다리는 아직 땅에 닿지 않았고, 복부를 찔렀던 검은 아직 회수하지 못했다. 불안정한 자세다.

더구나 상대는 회의다.

비록 전력을 다하지 않았다지만 이현의 검을 한번 막아 세운 바 있는!

이렇게 불완전한 자세로 막아 내기에는 껄끄러운 상대다.

'내가 언제 그런 걸 따졌다고!'

퉁!

중심을 무너트렸다. 코앞까지 다가온 회의의 품에 안기듯 뛰어들었다. 동시에 여유로운 왼쪽 팔꿈치로 회의가 뽑아 드는 검의 병부를 찍어 눌렀다.

움찔!

설마 이런 식으로 대응할지는 예상치 못했는지 빠르게 이어지던 회의의 움직임이 잠시 멈칫거렸다.

그러나 안심하긴 일렀다. 순간적인 기지로 체중을 실어 회

第五章 163

의의 발검을 잠시 막았지만, 어디까지나 불완전한 자세에서
이루어진 일이다.

작정하고 검을 뽑는 회의의 힘에 오히려 이현의 몸이 들렸
다.

추확!

이현은 그 힘을 거스르지 않았다.

몸이 수평으로 떠올라 핑그르르 돈다. 덩달아 적의 복부를
파고들었던 검이 아래로 쭉 내리 그어지며 사타구니 사이로
쏙 빠져나왔다.

동시에.

호신강기를 일으켜 몸을 보호하며, 검병을 찍었던 팔을 펼
쳐 회의의 목줄을 움켜잡았다.

추확!

피가 튄다.

쿠웅!

동시에 회의가 바닥을 부수며 처박혔다.

투둑!

피가 흐른다.

목을 잡히는 순간까지 멈추지 않은 회의의 검이 결국 호신
강기를 뚫고 이현의 어깨를 베어 버렸다.

그래도 이득이다.

회의의 목은 아직도 이현의 손아귀에 있었으니까. 이제 자유로워진 검을 머리통에 찔러 넣으면 끝난다.

쉬익!

'독한 놈!'

그러나 회의도 그냥 당하지는 않았다.

바닥에 처박힌 채로 목을 움켜쥔 이현의 팔을 향해 검을 휘둘렀다.

죽을 땐 죽더라도 팔 하나는 가져가겠다는 태도다.

지금 회의를 죽이려면 팔을 내주어야 한다.

'그럴 수야 없지!'

이현은 조금의 아쉬움 없이 회의의 목을 놓아 버렸다.

회의의 목숨을 거두는 대가로 팔을 내놓는 건 너무 손해 보는 장사였다.

그 순간.

'이 자식이!'

퍽!

물러서던 이현의 가슴팍에 회의의 발이 틀어박혔다.

그 힘에 이현의 몸이 붕 떠올랐다가 한쪽 벽에 처박히는 건 당연한 수순이었다.

짧은 순간에 오간 공방이다.

실질적으로 다른 이들은 어떤 일이 벌어졌는지도 모를 만큼의 찰나다.

"사질아!"

벽에 처박힌 이현의 모습에 청화가 소리쳤다.

"아아! 괜찮아! 괜찮아!"

눈물을 글썽이는 청화의 외침에 이현은 대수롭지 않게 옷에 묻은 먼지를 털어 내며 건재함을 자랑했다.

"어깨에 피나는데?"

그러나 청화는 좀처럼 걱정을 거두지 못한 채 손가락으로 이현의 어깨를 가리켰다.

"침 바르면 나아!"

"거짓말!"

"진짜라니까! 나 못 믿냐?"

"너 같으면 믿겠어? 피가 그렇게 나는데!"

청화의 걱정처럼 호신강기를 뚫고 들어온 검에 베인 어깨에서는 제법 많은 피가 흘러나오고 있었다.

겉으로 보이기는 그렇다.

하지만, 실제로는 혈도도 근맥도 크게 다친 것은 없다.

검이 닿는 순간 어깨를 비틀어 피해를 최소화했으니까.

그러나 그런 건 아무래도 좋다.

정작 지금 이현한테 중요한 건.

"네가 그러니까 꼭 내가 진 것 같잖아! 이 쥐똥 같은 년아!"

청화의 과민 반응이 꼭 회의에게 진 것 같은 분위기를 만들어 내고 있다는 점이었다.

"겼잖아! 저 아저씨는 멀쩡한데 넌 피 나잖아!"

"아직 안 죽었거든?"

"저 아저씨도 안 죽었어!"

한 마디도 안 진다.

눈물은 그렁그렁한 주제에 바락바락 소리를 질러 대는 청화의 모습에 이현은 열이 치솟았다.

"닥쳐! 안 구해 준다?"

"구해 줄 거잖아! 나 구하려고 온 거잖아!"

"아니거든!"

결국 또 유치한 말싸움이다.

당장 앞에는 회의가 떡하니 버티고 서 있는데도 그런 건 안중에도 없다는 식이다.

그리고 이 어이없이 유치한 말싸움을 끝낸 건 의외로 회의였다.

"우애가 좋군."

그 한마디에.

"어딜 봐서!"

"어딜 봐서요!"

바락바락 말싸움을 해 대던 이현과 청화가 한마음이 되었다. 어찌 되었든 회의 덕분에 유치한 말장난이 끝난 건 사실이다.

"기습은 너무 빤하지 않나?"

이현의 고개가 회의를 향해 돌아갔다.

회의의 기습은 분명 예상할 수 있는 기습이었다.

"통하면 성공이지."

그런 핀잔에 회의는 좀 전에 이현이 했던 말로 고스란히 되받아쳤다. 물론, 이현은 회의의 기습을 성공으로 인정할 마음이 없었다.

"거죽만 상한 것 가지고."

"시간은 벌었지."

회의의 말이 끝나기 무섭게.

"역도들을 처단하라!"

병사들이 몰려들어 주위를 포위했다. 저마다 창칼과 활을 겨누고 있는 모습이 제법 살벌하다.

처음부터 회의가 노린 것은 이것이다. 쏘아 올린 신호탄에 맞춰 병사들이 들이닥칠 때까지 붙잡아 둔다.

그 속셈에 피식 웃음이 입술을 비집고 나왔다.

"얘들로 날 막겠다고?"

고작해야 병사들이다.

그 숫자라고 해 봐야 오왕부에 상주한 전체 전력에 비하면

십분지 일도 되지 않는다. 고수라 평가받을 만큼의 무공을 익힌 것도 아니다.

당연했다.

지금 오왕부 병력의 구 할은, 그리고 고수라 칭할 수 있을 만큼 무공을 익힌 인간들은 모두 사도련주에게 몰려 있을 테니까. 고작 그 정도 전력으로 무얼 하겠는가.

그런 이현의 자신만만한 지적에,

"신마는 잡지 못하겠지."

회의가 동의했다. 그리고 말했다.

"허나, 신마만 아니면 잡을 수 있는 사람이 둘이나 되는군."

회의의 시선이 이현을 지나 청화와 사도련주의 부인에게 향했다. 아무리 이현이라도 혼자서 그 둘을 모두 지킬 수는 없다. 구하기는 더더욱 어렵다. 일반 병사들만 이라면 어찌하겠지만, 회의가 결코 가만히 놓고 있지는 않을 테니까.

이현이 인질을 구하지 못하게 한다. 아니, 최악의 상황이 오더라도 인질만큼은 살려서 내보내지 않는다.

회의의 노골적인 의도에 이현은 고개를 절래 저었다.

"너도 어마어마한 쓰레기구나? 황태자 놈이 그러라고 시키디?"

"……."

빈정거려 봐야 회의는 무표정한 얼굴로 대꾸도 하지 않았다. 그 사이에도 오왕부의 병사들은 꾸역꾸역 별관으로 밀려들고 있었다. 이렇게 되면 분명 시간이 지날수록 불리해지는 건 이현이다.

다만.

"근데 나 혼자 왔을 것 같냐?"

이현의 시선이 돌아갔다.

회의 또한 이현의 시선이 향하는 쪽으로 고개를 돌렸다.

이현이 손가락을 들어 올렸다.

그리고.

"펑!"

펑! 펑! 펑!

기다렸다는 듯 연이어 포성이 울려 퍼지며 자욱한 먼지구름이 하늘 높이 치솟았다.

그리고.

벽이 하나둘 무너졌다.

마침내 이현이 있는 동궁 별관의 벽까지 무너져 내리고.

와아아아아!

무너진 벽을 넘어 인마가 뛰어 들어왔다.

第六章

콰직! 콰지직!

단숨에 들이닥친 인마가 이현을 포위하고 있던 병사들을 뒤에서부터 짓밟으며 전진한다. 그 뒤를 이어 들어온 또 다른 무인들이 저마다 병기를 휘두르며 병사들과 뒤엉켰다.

난장판이다. 이미 이현을 포위하며 진을 짜고 있었던 병사들로서는 갑작스럽게 들이닥친 외부의 적을 향해 기민한 대응을 할 수가 없었다.

병사들이 우왕좌왕하는 사이 양측은 더욱 얽히고설켜 적아를 구분할 수 없는 지경에 이르렀다.

그리고 이현의 곁에는.

"적조의혈단 전원 진입 완료했습니다."

"맡겨만 주십시오! 제가 아주 박살을 내 놓겠습니다!"

말 위에 올라타고 들어온 옥분과, 기세등등한 정만이 버티고 있었다.

이현이 노리고 있었던 것. 아니, 옥분이 노리고 있었던 것이 이것이다.

어차피 왕부에 상주하고 있는 병사들의 숫자 많은 거야 잘 알고 있다.

사파 대부분의 전력을 쏟아붓지 않으면 이를 모두 상대하는 건 불가능하다는 것도 안다.

아무리 사도련주가 오왕부의 전력을 분산하고 붙잡아 둔다고 해도 한계는 있다. 분명 일부는 이현과 인질을 노릴 것이다. 그리고 아무리 이현이라도 혼자서는 그들을 상대로 인질을 무사히 지켜 내고 구해 내기가 쉽지 않을 것이다. 또한 적조의혈단의 숫자도 군병들의 숫자에 비하면 모자라다.

그래서 기다렸다.

이현이 주의를 끌고, 병사들을 불러 모으면, 한 번에 뒤에서 휩쓴다.

물론, 그 과정에서 이현이 직접 각 벽 아래에 군함에서 약탈한 화약을 심고, 적조의혈단이 직접 그 화약에 불을 붙이는 수고를 해야 했다.

어찌 되었든 성공이다.

군병이 무서운 것은 그들의 숫자와, 그들이 펼치는 군진이다. 그러나 반대로 군병의 약점 또한 그 군진이었다.

군진의 취약점을 파고들면 그나마 가진 숫자의 강점마저도 희미해진다.

바로 지금처럼.

적아가 한데 뒤엉켜서 제대로 된 군진을 펼치지도, 서로가 서로의 등을 지켜 줄 수도 없는 난전.

비록 숫자는 뒤처지지만 상황을 지배하는 것은 적조의혈단이다.

이런 난전에서 개개인의 무위만큼 중요한 것은 없었으니까. 그리고 개개인의 무위는 적조의혈단이 앞섰다.

"이런 머리가 있는 줄은 몰랐다."

회의는 순순히 인정했다.

그가 가담한다면 이 난전이야 금방 수습할 수 있다. 하지만, 이번엔 반대로 이현이 가만히 있지 않을 것임을 그도 알고 있었다.

회의의 칭찬에 이현은 어깨를 으쓱거렸다.

"그러게. 내 머리가 아니라서. 옥분아!"

그리고 이번 작전을 계획한 옥분을 호출했다.

"예. 부련주님."

"데리고 가."

옥분의 대답이 돌아오기 무섭게 턱 끝으로 청화를 가리켰다.

그 의미를 모를 옥분이 아니다.

"예!"

어차피 이번 작전의 목적은 인질을 구출하는 것이다. 그러기 위해 사도련주가 희생했고. 그렇다면 작전의 성공은 인질을 무사히 구해 내는 것에 있다.

더불어 지금 상황에서 두 인질은 아무런 도움이 되지 못하는 짐이기도 했다.

한시라도 빨리 이 자리에서 이탈하는 것이야말로 가장 확실한 도움이다.

"가시지요."

옥분과 그의 몇몇 수하들이 나서 청화와 사도련주의 부인을 이끌었다.

말을 탄 그들인 만큼 이 자리를 이탈하는 건 일도 아니다.

"사질아!"

옥분의 등 뒤에 올라탄 청화가 이현을 불렀다.

"아! 왜!"

혹여나 회의가 허튼짓은 하지 않는지 노려보며 경계하던 이현이 신경질적으로 답하자,

"네가 여기서 가장 강하지?"

청화가 물었다.

"장난쳐? 당연히 내가 제일 강하지! 내가 다 이겨!"

당연한 것을 묻는 질문에 이현은 자신만만하게 대답했다.
실제로 이현은 스스로 그런 말을 할 자격이 있다고 믿었다.

'누가 애 아니랄까 봐.'

한편으로는 지금 상황에서도 이런 질문을 하는 청화의 모
습에 내심 웃음이 나왔다.

하지만 그 웃음도 잠시였다.

"그런데 아까 졌잖아!"

속으로 짓던 웃음은 이어지는 청화의 그 말에 처참히 뭉개
졌다.

"이 썩을 년이! 옥분아! 저년 버려! 버리고 그냥 가자! 죽
든 말든 알아서 하라고 해! 아니, 그냥 죽여! 저런 년 그냥 확
죽⋯⋯!"

자존심을 긁는 청화의 말에 이현이 발끈해서 소리쳤다.

그러나 그러거나 말거나 청화는 이현의 말을 자르고 제 할
말만 했다.

"그러니까 다치지 말라고! 여기서 네가 제일 강하잖아! 제일
강하니까 안 다쳐도 되잖아!"

말도 안 되는 논리다.

"걱정된단 말이야! 너 다치면…… 무섭다고! 그러니까 다치지 마! 다치기만 해 봐! 내가 아주 혼내 줄 거야!"

그런데 정작 떼를 쓰는 청화의 목소리는 진심이 가득하다.

말도 안 되는 억지를 진심으로 말할 수 있다는 것도 참 대단한 능력이다 싶다.

"시끄러워 이년아! 다치긴 누가 다쳐? 그냥 살짝 긁힌 거라니까."

"그럼 긁히지도 마!"

말이 안 통한다.

"그게 어디 내 마음대로 되는 줄 알아? 개똥 같은 소리 그만하고 꺼져. 이년아!"

"하여간 다치기만 해 봐! 정말 혼낼 거야!"

"알았어! 알았으니까 제발 좀 가라!"

"진짜지?"

결국 말도 안 되는 억지가 이겼다.

이래서 애랑 말싸움하는 건 피곤한 거다.

"하여간 쥐똥 같은 년. 고집은!"

유치한 말싸움을 끝낸 이현은 피식 웃음을 흘렸다.

그러나 아직 끝난 것이 아니었다.

"……그이는……."

내내 조용하던 그녀의 물음에 이현의 입가에 걸렸던 웃음이

거짓말처럼 사라졌다.

"……가라. 먼저!"

"부탁드릴게요."

거듭 고개를 숙이는 그녀를 뒤로하고 시선을 돌렸다.

별채의 난장판 속에서도 그녀와 청화를 실은 두 기의 기마
와 그 기마를 호위하는 십여 기의 기마는 빠르게 자리를 벗어
났다.

그 뒤.

"정만아."

"예! 부련주님! 명령만 내리십시오!"

이현은 명령했다.

"다 조져!"

더불어 회의를 향해 달려들었다.

"우리끼린 해야 할 일들이 많지?"

스윽!

이현의 검이 세상을 갈랐다.

* * *

동궁의 상황은 종결을 고하고 있었다.

몰려들었던 병사들은 적조의혈단의 칼 아래 무릎 꿇고 있

었다.

초반 기습 이후 난전이 주효했다.

이미 그 순간부터 균형은 기울어 버렸고, 더 이상 추가적인 병력 지원조차 없었기에 상황은 돌이킬 수 없었다.

이제 곧 동궁의 병사들은 모두 정리할 수 있을 것이다.

회의도 그것을 알기에 병사들을 포기했다.

당연한 선택이다.

이미 인질은 동궁을 벗어난 지 오래인 데다가 병사들 또한 패색이 짙다. 애초에 오왕의 병사들이다. 그러니 병사들이 죽고 살고는 황실에 속한 회의가 상관할 바 아니었다.

물론, 그런 뒷사정이 없다고 해도 회의는 병사들을 도울 수 없었을 것이다.

이현이 버티고 있었으니까.

그러나 정작 이현과 회의 두 사람의 싸움은 일방적으로만 흘러가고 있지는 않았다.

스확!

세상이 갈라진다. 갈라진 세상 틈새로 검기가 쏟아져 들어간다.

혼원살신공 제사초 시산혈해.

회의의 중심을 흐트러트리고, 구석으로 몰아넣은 직후 펼쳐 낸 검공에 동궁 한쪽이 폭풍에 휩쓸린 조각배처럼 부서져 나갔다.

그야말로 절호의 순간에 펼쳐 낸 한 수다.

하지만.

'염병! 빠르긴 더럽게 빠르네!'

정작 이현이 노렸던 회의는 그 폭풍 속에서도 무사했다.

순식간에 흐트러진 중심을 바로잡는 것도 모자라, 쏟아지는 검기 다발 속에서도 여유롭게 그 틈을 비집고 뛰쳐나왔다.

까앙!

그리고 검과 검이 부딪쳤다.

치지지직!

이현의 신형이 뒤로 길게 미끄러졌다. 바닥에는 이현이 밀려나간 흔적이 그대로 남았다.

강하다.

일체의 허초도 없이 휘둘러 온 회의의 검신에 담긴 힘은 어지간한 무인이라면 감히 정면에서 맞댈 엄두도 내지 못할 만큼 묵직하고 날카로웠다.

그러나 그뿐이다.

퍼억!

이현을 밀려나게 만들었던 회의는 그보다 빠른 속도로 튕겨 나갔다. 이미 무너진 동궁의 잔해 속으로 파묻힌 회의의 모습은 흔적도 찾아보기 어려웠다.

힘 대 힘.

무공 대 무공.

단순히 강함을 놓고 이야기한다면 한 수. 아니, 반 수 아래다.

천하십대고수보다 강하다 할 수 있을지 몰라도, 천하십대고수를 압도적으로 앞선다고 할 수는 없다.

딱 그 정도다.

그럼에도 까다로운 상대인 것 또한 확실하다.

'검은 살검(殺劍), 움직임은 회피(回避)라……'

회의의 검은 철저한 살검이다. 일 검 일 검이 오로지 상대의 목숨을 거두기 위한 검이다. 일체의 허식과 별초도 존재하지 않는다. 지독하리 만큼 단순하고 명료한 검이다.

반대로 그만큼 치명적이고 예리하다.

당연히 공격적인 검이다.

회의가 구사하는 살검은 분명 뒤가 없는 검이었으니까.

그런데 그와 반대로 움직임은 철저하게 회피를 기반으로 하고 있다. 빠르고 신속하면서도 변화무쌍하다. 시산혈해의 검기 다발 속을 헤치고 상처 하나 없이 빠져나온 것 또한 그런 극에 이른 움직인 덕분이다.

지독한 살검과는 너무나 상반된 움직임이다. 회의가 펼치는 살검에는 오히려 직설적이고 저돌적인 움직임이 더욱 잘 어울렸으니까.

그럼에도 무시할 수 없었다.

아니, 오히려 맹목적인 살검과는 너무도 어울리지 않는 그 움직임 때문에 더욱 상대하기 까다로웠다.

강함으로 보았을 때는 모자랄지 모른다. 하지만 신법. 즉, 움직임이라는 영역만 한정한다면 회의는 동수 혹은 반 수 위다.

그리고 그것이 미묘한 균형을 이루어 냈다.

공격을 피해 내고 빗겨 낸다. 분명 정면으로 부딪친다면 손쉽게 숨통을 끊을 수 있다고 확신했지만, 회의는 한 번도 정면 대결을 걸어 오지 않았다. 항상 자신의 신법을 바탕으로 빗겨 내고 피해 낸다.

그리고 지독하게 물고 늘어진다.

일전에 이현을 잠시 고전하게 만들었던 수적왕 초희가 은밀하고 철저한 설계를 통해 옥죄며 압박해 오는 거미 같았다면, 회의는 빠르고 현란한 신법을 바탕으로 확실한 기회만 노리는 살수와 닮았다.

'어떤 놈이지?'

이쯤 되니 의구심이 들었다.

회의의 움직임은 임기응변으로는 흉내조차 낼 수 없는 수준이다. 오랜 세월 실전과 같은 수련을 반복해서 몸에 익히고 배어나게 해야만 가능한 수준이다.

'황궁에 이 정도 되는 놈을 이렇게 키울 수 있는 인간이 있나?'

자신보다 강한 상대를 가정한 움직임이다.

그렇기에 일격 필살을 노리는 것이고, 그렇기에 지독한 살검과는 어울리지 않게 회피를 중점으로 한 신법을 갈고닦은 것이다.

문제는 누가 그걸 가르쳤냐는 것이다.

압도적으로 강한 상대를 상정하고 익힌 신법은 외줄 타기와 같다. 조금만 판단이 늦어지거나, 작은 실수로도 목을 내놓아야 한다.

애초에 약자가 강자를 죽이기 위해서는 자그마한 실수도 용납되지 않으니까.

그렇다면 실전에 가까운 수련을 해야 한다.

당연히 회의를 키운 존재는 회의 보다 압도적인 강함을 지니고 있어야 한다.

적어도 회의가 지금의 움직임을 몸에 담을 수 있게 훈련시킬 수 있는 고수.

최소 천하십대고수. 혹은 그 이상.

'황태자? 말도 안 되지.'

가장 먼저 황태자의 얼굴이 떠올랐지만 이내 고개를 저어야 했다.

말이 되지 않는다.

아무리 나이를 가늠할 수 없는 얼굴을 하고 있는 회의라지만, 그래도 황태자보다 어리지는 않을 테니까. 당연히 무공을 익힌 시작도 황태자보다 빠르면 빨랐지 느리진 않을 것이다.

그렇다면 문제는 회의를 키워 낸 고수의 정체가 누구이며, 또 왜 아직 그 존재가 드러나지 않고 있는지 이현이 짐작할 수 없다는 것이다.

그 정도 고수라면 황태자가 황실의 권력을 움켜쥔 지금이야말로 가장 필요한 패였으니까.

퍼버버벅!

하지만 그런 의문도 오래가지 못했다.

동궁의 벽 너머. 멀리에서 얼음벽이 치솟았다. 하늘에 닿을 듯 높게 솟은 빙벽의 모습에 잠시 생각을 멈췄다.

부탁드릴게요.

사도련주의 부인이 남긴 목소리가 귓가에 맴도는 듯하다.

'사도련주.'

작금의 오왕부에서 저런 얼음산을 만들어 낼 수 있는 인간은 사도련주 뿐임을 이현은 알고 있었다.

치솟은 얼음산은 사도련주가 필사적으로 오왕부를 상대하며 싸우고 있음을 증명하는 것이나 다름없었다.

그리고 그것은 곧.

사도련주의 저항도 이제 얼마 남지 않았음을 의미하고 있었다.

후두둑.

"……답지 않군."

그 사이 회의가 모습을 드러냈다.

옷에 묻은 잔해 더미를 털어 내며 걸어 나오는 회의에게선 조금의 상처도 존재하지 않았다.

회의는 말했다.

"인질을 구한 것도 모자라, 사도련주까지 구하려 하는가? 그대답지 않다."

이현답지 않다.

마치 알고서 말하는 듯하다.

"……."

그리고 그 말이 맞다.

혈천신마였다면. 아니, 지금의 이현이었어도 그 말은 맞는 것이다.

청화나 사도련주의 부인은 필요가 없는 존재다. 있어도 그만 없어도 그만이다. 오히려 걸리적거린다. 그런 인질을 구한다는 것은 말도 안 된다.

혈천신마였다면, 그리고 원래의 이현이었다면 그냥 버렸을 것이다.

죽든 말든 신경 쓰지 않고.

차라리 그 시간에 다른 원하는 바를 얻었을 것이다.

그런데도 구했다.

그리고 지금 적이라 할 수 있는 회의를 앞에 두고도 고군분투하고 있을 사도련주를 의식했다.

회의는 그것을 이야기하고 있는 것이다.

"모두 구할 수 있으리라 생각하는가. 그댄 내가 그것을 허락하리라 여기는가?"

회의가 웃었다.

평소의 무표정한 얼굴 탓에 그의 냉소는 더욱 선명하게 느껴졌다.

모두를 구하려는 그 순진함을 비웃고 있었다.

실제로도 그랬다.

이현은 인질을 구출했다. 회의의 임무는 실패했고, 이현의 목적은 이루어졌다. 그럼 이현 또한 오왕부를 벗어나야 함이 옳다. 그럼에도 이현은 오왕부를 벗어나지 않았고, 아직도 손에 칼을 놓지 않았다.

그러한 이현의 반응에 회의 또한 계획을 바꾸었다. 회의 역시 오왕부를 떠나지 않았다. 대신 더욱 끈질기게 이현을 물고 늘어졌다.

이현이 사도련주에게 합류하지 못하도록 저지하기 위함이었다.

사도련주는 청화 같은 인질과는 달랐으니까.

확실한 전력이기도 했고, 또한 사파를 아우를 수 있는 사도련의 주인이기도 했으니까.

비록 하나의 실패를 했으나, 전부를 내주진 않겠다는 뜻이다.

그런 회의의 말에.

"뭔 개소리야?"

이현은 이상하다는 눈으로 회의를 바라보았다.

"내가 미쳤냐? 구해? 뭘?"

회의가 하고자 하는 말이 무엇인지는 알고 있었다.

그래서 더 어처구니가 없었다.

사도련주는 확실한 전력이다. 하지만, 지금 그 사도련주는 오왕부에 주둔하는 거의 모든 전력에게 포위당해 있었다.

일이천이면 몰라도 족히 그 배는 될 것이다.

혼자라면 모를까 아무리 이현이라도 그런 상황에서 사도련주까지 구해 오왕부를 탈출하는 건 불가능하다.

그건 사도련주도 알고 있었다.

알고 있었으니 거기에 대한 계획을 세워 전하지도 않았고, 혹시 모를 배신을 염려해 전력을 동원해도 모자랄 사파 세력을 싸움에서 제외했던 것이다.

사도련주는 이미 죽음을 각오했고, 죽기 위해 싸우고 있다.

"그 자식에 대한 예의는 차렸다."

인질을 구한 것은 단지 그 때문이다.

그리고.

"난 너만 조지면 돼!"

척!

검을 들어 회의를 가리켰다.

인질을 모두 구했음에도, 애초부터 사도련주를 구할 생각이 없음에도 이 자리에 남아 있는 것은 순전히 그 때문이다.

내가 손해를 봤으니 상대 또한 손해를 봐야 한다.

지극히 혈천신마다운. 이현다운 결정이다.

움직였다.

이번에는 군이 시산혈해를 펼치지 않았다.

캉!

검과 검이 부딪치고 불꽃이 튄다. 코가 닿을 듯 가까워졌던 두 사람의 얼굴은 이내 빠르게 멀어진다.

힘을 버티지 못한 회의가 뒤로 내뺐다. 그러나 이현도 이번만큼은 그냥 놓아주지 않았다.

빠르게 속도를 붙여 따라 잡으며 검을 휘둘렀다.

그러는 동안에도 이현의 두 눈은 차갑게 빛나고 있었다.

'이놈이 황태자 놈 옆에 붙어 있으면 골치 아프다!'

어차피 피를 봐야 한다면 상대에겐 더 깊은 상처를 내 줘야
한다.

분명 회의는 강하다. 하지만 모자라다. 황태자 또한 강하
다. 하지만 모자라다. 그러나 둘이 함께 붙어 있으면 곤란하
다.

그건 오늘 확실히 확인했다.

그러니 오늘 회의를 죽인다.

회의만 죽인다면 후에 황태자를 상대하는 일도 훨씬 수월
해질 테니까.

"너 죽으면 남는 장사지!"

싸움은 애들 장난이 아니다.

말랑말랑하고 순진한 생각으로 되는 일은 더더욱 아니다.
아무리 남들 눈엔 충동적이고 막 나가기만 한다고 보일지언
정, 그 정도 계산도 하지 않고 움직이지는 않는다.

'난 그 미친년이랑은 다르니까.'

콰앙!

또다시 검과 검이 부딪쳤다.

무리를 하면서까지 물러서던 회의를 따라잡아 작정하고 휘

두른 검이다.

기세에서부터 몸의 중심까지.

모든 것이 불리한 회의는 또다시 한쪽 벽으로 날아가 처박혔다.

이번만큼은 제법 충격이 있으리라.

그것을 반증하듯 회의의 반응이 지금까지와는 달랐다.

벽에 파묻혔던 회의가 튕기듯 날아왔다.

아무리 신법이 앞서는 회의라도 이렇게까지 기세가 밀려서는 언제고 무너질 수밖에 없음을 아는 탓이다.

그리고.

스윽.

이현이 검을 늘어트렸다.

눈빛이, 기세가 말해 주고 있다. 또다시 시산혈해를 펼치려 하고 있음을.

통하진 않을 것이다.

'몇 번이나 피한 걸 못 피할 리 없지.'

이현도 안다.

이미 회의는 시산혈해를 몇 번이나 피해 보였으니까.

그럼에도 자신 있었다.

문득.

"너 지렁이도 할 줄 아는 태극혜검이라고 들어 봤나?"

이현이 물었다.

"……?"

회의가 대답할 리 없었다. 대신 그의 무표정한 얼굴에 박힌 두 눈에 의문의 빛이 떠올랐다.

그런 반응을 뒤로하고.

"쌍 태극혜검은?"

다시 질문을 던졌다.

"?!"

순간 회의의 얼굴이 급변하고.

씨익!

이현의 입가에 웃음이 번졌다.

"그럼 쌍 시산혈해도 모르겠네?"

이현이 칼을 움직였다.

그러나 이번엔 하나가 아니다.

태극혜검을 양손으로 펼쳐 냈듯.

어느새 등 뒤에서 뽑아낸 거도를 검과 함께 휘둘렀다.

쌍 시산혈해다.

콰앙!

소리가 달랐다.

지축이 뒤흔들렸다.

검과 도.

두 개의 병기로 동시에 펼쳐 낸 시산혈해는 서로 충돌하며 거대한 소용돌이를 만들어 냈다.

그 신위에 회의가 휩쓸렸고, 공격을 펼친 이현도 스스로 만든 파동에 충격을 버티지 못하고 뒤로 쭉 밀려나야 했다.

회의도 이번만큼은 피해 낼 수 없었다. 사방에서 몰아치는 폭풍에 그의 전신에서는 붉은 핏줄기가 비산했다.

털썩!

쌍 시산혈해가 사그라지고 혈인이 된 회의가 힘없이 바닥에 처박혔다.

아직 오르락내리락하는 가슴을 보아하니 와중에도 목숨은 보전한 듯했다.

저벅.

이현은 그런 회의의 마지막 숨통을 끊기 위해 다가갔다.

이론상으로 가능하다는 것을 알았지만, 실제로 펼쳐 낸 것은 이번이 처음이다.

가진 바 공력의 대부분을 쏟아 내 버렸다.

아무리 이현이라도 더 이상의 공력 소모는 사양이었다.

어쨌든 무사히 사도련으로 돌아가야 했으니까.

그리고 그만한 여유도 있었고.

"커헉!"

그 사이 회의가 몸을 뒤집으며 피를 토해 냈다.

선홍빛 핏물에는 살 조각이 섞여 있었다.

필시 장기 중 일부가 심각한 타격을 받았다는 뜻이리라.

"자! 이제 수금을 해 보실까?"

이현이 그런 회의를 향해 여유롭게 웃어 보였다. 어깨에 검을 척 하고 올린 모습은 고리대를 수금하러 온 사채꾼을 떠올리기 충분했다.

사도련주를 내주었으니, 회의의 목숨을 받아 갈 생각이었다.

씨익!

그런데 회의는 웃었다.

"역시. 부서진 조각이라도 조각은 조각이군."

중얼거렸다.

그 중얼거림을 이현이 듣지 못했을 리 없다.

"조각? 뭔 개소리야?"

무시하려고 했다.

"허나 반쪽짜리구나. 아직도 사명을 깨닫지 못하였는가. 신마!"

하지만.

"눈을 떠라. 혈천신마!"

이어지는 회의의 말에 멈칫할 수밖에 없었다.

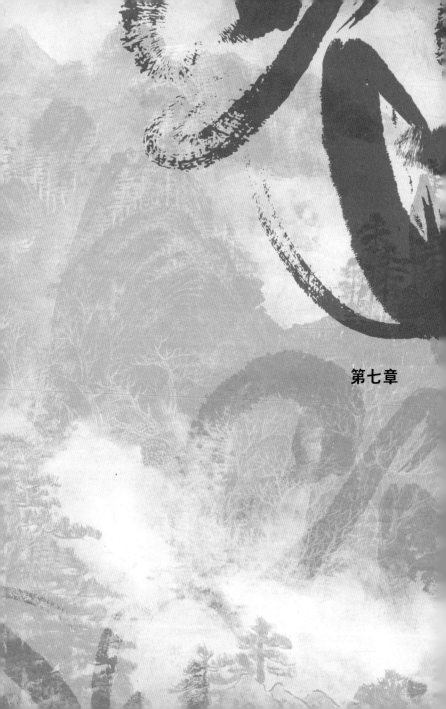

第七章

얼음 장벽이 솟구쳤다.

북풍한설처럼 서늘한 바람이 장내를 휩쓸었다. 칼날이 번뜩일 때마다 피가 솟구치고, 몸 잃은 머리가 얼어붙은 채 바닥으로 떨어졌다.

사도련주. 빙혈도제는 강했다. 천하십대고수라는 세간의 칭호에 부족함이 없는 무위를 자랑했다.

흑풍 또한 강했다. 그들 하나하나는 비록 사도련주에 비해 모자람이 있었으나, 그 수가 오십이다. 그 위력은 사도련주에 비하여도 모자람이 없다.

그리고 사도련주와 흑풍.

그들이 함께했을 때는 더더욱 강했다.

지난날 사도련주가 이현에게 이야기했듯, 흑풍과 사도련주가 함께라면 천마도 죽일 수 있을 정도였으니까.

쿠구구구궁!

"……."

치열한 전투 속에서 들려온 소리에 잠시 소강사태가 찾아왔다.

사도련주의 고개가 돌아갔다.

거대한 소리와 함께 동궁 일부가 부서져 내렸다.

사도련주는 알고 있었다.

저것이 이현의 무위가 만들어 낸 결과임을.

또한, 그 전에 신호탄 하나가 허공에 번뜩였고, 연거푸 포성이 울렸었음도 알고 있다.

"……다행이오."

직감했다.

그의 부인은 구출되었다.

아무리 막 나가는 이현이라도 무공을 익히지 못한 그녀의 앞에서 저런 무위를 아무렇지 않게 펼쳐 보이지는 못 할 것이 분명했다.

아니, 그래야만 했다.

"왜 아직도 저 역적 도당을 벌하지 못하는가!"

안도하는 사도련주와 달리 오왕은 분노를 숨기지 못했다.

벌써 몇 시진이나 계속된 싸움이다.

고작 오십 하나.

사도련주와 흑풍을 포함한 숫자다. 그에 반해 그들을 잡아들이기 위해 투입한 병력만 오천이다.

변방국을 공포에 떨게 하기에도 충분한 전력이다.

그럼에도 사도련주와 흑풍은 버텨 냈다.

그러나 상황은 여전히 사도련주와 흑풍에게 불리하게 돌아가고 있었다.

"으으으읍!"

사도련주는 치밀어 오르는 신음을 억지로 집어삼켰다.

빙혼정이 날뛴다.

죽음의 고통이 물밀듯 치고 들어왔다.

기억하고 있다. 오왕부에 들어서고 벌써 열세 번째다.

그리고 그것은 곧 흑풍 열셋이 오늘 이 자리에서 목숨을 잃었다는 걸 의미했다.

사도련주는 그런 존재였으니까.

흑풍이 죽어 가며 느끼는 모든 고통과 절망을 떠안아야 하는 존재.

살아남은 이들 또한 멀쩡하진 않았다.

사도련주의 어깨에는 화살이 박혀 있었고, 그의 곁에 선 흑풍 또한 크고 작은 상처를 입고 있었다.

오히려 흑풍에 비하면 사도련주의 상처는 약소한 편이었다.

이길 수 없다.

지금껏 사도련주와 흑풍이 상대한 건 오왕부의 평범한 군졸들이었을 뿐, 오왕부가 보유한 고수들은 움직이지도 않았다. 그건 오왕의 곁에 선 오군도독부 우도독 추국정 또한 마찬가지다.

그들이 움직이는 순간 사도련주와 흑풍 또한 끝이다.

이미 많은 힘을 쏟아 낸 뒤다. 더는 버틸 힘이 없다. 그러니 죽을 것이다.

"큭…… 크크큭!"

그럼에도 사도련주는 이를 악물고 웃었다. 악문 채 웃는 입새로 핏물이 흘러나왔음에도 웃음을 멈추지 않았다.

곁을 함께하는 흑풍들 또한 마찬가지다. 아니, 앞서 죽어 간 흑풍들 역시 그와 같았다.

앞서 죽어 간 흑풍들은 절망하지 않았다. 아직 살아 죽음을 기다리는 흑풍들 또한 절망하지 않았다.

그들이 죽어 가면서 남긴 감정의 편린이, 그들이 굳이 숨기지 않은 그 감정들이 사도련주에게 고스란히 전해지고 있었다.

그렇기에 사도련주 또한 절망하지 않았다.

모두 같은 생각, 같은 마음이다.

'……다행이오.'

누구 하나 말해 주는 사람이 없었지만 알 수 있었다.

인질은 구출되었다.

이현이 인질을 구출했다.

부인은 이제 안전하다.

그것에 안도하고 또 감사했다.

이현이 구출하러 올 것이라는 기대는 하지도 않았다.

사도련주 또한 사파에서 닳고 닳은 무인이며, 사파의 주인
이다.

현실적으로 그것은 불가능하다.

대신 이현에게 미안해했다.

'이제 짐만 남겨 주게 생겼소이다.'

사도련주가 원하는 바를 이현이 이루어 주었다. 그러나 이
제 이현에게 남은 것은 목줄 쥔 주인을 잃은 사도련 휘하의
문파들이다.

배신이 난무하는 사파에서 이현이 다시 전력을 정비하는 것
은 결코 쉽지 않으리라.

혹자는 오왕에 붙으려 할 것이고, 혹자는 이현에게 반기를
들고 독자적인 세력을 구축하려는 야욕을 드러낼 것이다. 더

욱이 코앞에는 오왕이라는 노골적인 적까지 존재하는 마당이다.

혼란한 사파를 수습하고 오왕을 치고 난 뒤에야 황태자를 칠 수 있다.

그 길이 험난한 가시밭길과 같은 여정일 것임은 분명했다.

"일호. 아니, 휘영."

사도련주는 흑풍 일호를 불렀다.

"말하라."

사도련주의 우측을 지키고 선 흑풍 일호. 휘영은 고개조차 돌리지 않고 답했다.

그 태도에 사도련주는 또다시 웃었다.

"신마에게 빚을 졌다."

이현이 부인을 구해 줬다.

목숨보다 소중한 이를 구해 줬으니 그 빚이 결코 가벼울 리 없다.

"안다."

휘영 또한 알고 있다.

"최대한 갚아야 하지 않겠는가."

"그래야지."

그러니 갚아야 한다. 죽은 이가 남긴 빚은 살아남은 이에게 전가될 테니까.

갚을 수 있을 때 최대한 갚아 두어야 한다.

휘영 또한 동의했다.

"그럼 가지!"

사도련주가 움직였다.

"그러지."

흑풍 또한 움직였다.

사도련주와 흑풍. 빙혼정을 통해 영혼이 연결된 그들은 이 순간 모두 하나의 목적만 바라본 채 움직였다.

이제 버틸 수 있는 시간도 얼마 남지 않았다.

최후의 발악을 펼쳐야 할 때다.

그리고 빚을 갚아야 할 때이기도 했다.

사도련주의 시선은 한곳에 고정되어 있었다.

'오왕!'

지금 사도련주와 흑풍이 노리는 유일한 목표였다.

"막아라!"

오왕군 사이에서는 난리가 났다.

지금껏 이렇게까지 저돌적으로 치고 들어온 일이 없던 사도련주와 흑풍이었기에, 그들은 더욱 당황했다.

급히 방패수가 달려 나와 오왕의 앞을 가리고, 사이에 있는 병사들은 창칼을 내밀며 접근을 저지하려 했다.

"가라!"

휘영이 말했다.

그와 동시에 누구 하나 명령을 내린 이도 없건만 열 명의 흑풍이 앞으로 뛰쳐나갔다.

길을 만들었다.

창칼로 우거진 숲 속을 맨몸으로 뛰어 들어 칼을 휘두르며 공간을 만들었다. 온몸을 피로 뒤집어쓰고 상처가 낭자해도 그들은 결코 멈추는 법이 없었다.

"크윽!"

그중 하나가 죽었나 보다.

사도련주는 오왕을 향해 뛰어나가던 와중에 가슴을 부여잡으며 치고 올라오는 고통을 억눌렀다.

그 사이에도 거리는 좁혀졌다.

이젠 오왕도 가만히 두고만 볼 수는 없었다.

"우도독!"

"걱정치 마십시오. 전하!"

처음으로 우도독 추국정이 나섰다. 더불어 오왕부의 고수들 또한 흑풍을 향해 달려들었다.

피와 비명이 난무한다.

콰앙!

추국정이 휘두른 창날과 맞부딪쳤다. 사도련주의 다리는 단숨에 바닥을 꿰뚫고 무릎까지 파묻혔다.

"커억!"

이미 많은 힘을 소모한 뒤다. 몸은 피로로 가득하고, 앞선 전투의 여파는 고스란히 남아 있었다.

그런 상황에서 천하십대고수와 어깨를 나란히 하는 추국정의 공격을 정면에서 맞선다는 건 자살행위나 다를 바 없었다.

입에서 피 화살이 튄다.

쏴아악!

순간적으로 통제권을 잃은 빙혼정의 기운이 척추를 타고 올라 얼굴엔 새하얀 서리가 어렸다.

그러나 그 지독한 한기가 오히려 정신을 맑게 깨워 주었다.

'무리였는가.'

오왕을 향한 돌진은 멈춰졌다.

오왕부의 고수들을 상대로 흑풍들이 분전하고 있었지만, 그조차도 수적인 열세로 우위를 차지할 순 없었다. 아니, 언제 무너져도 이상하지 않을 상황이다.

푸부북!

"아!"

그것도 모자라 화살까지 날아와 박혔다.

흑풍 몇몇이 몸을 날려 사도련주의 머리 위를 막았다.

쏟아지는 화살을 몸으로, 목숨으로 대신 막은 것이다.

가장 큰 전력을 갖고 있는 그를 지키기 위함임을 모를 리 없다.

으득!

사도련주는 이를 악물었다.

팡!

주먹을 내질러 추국정을 밀어내고 약간의 공간을 만들었다.

스확!

동시에 도를 휘둘렀다.

시리도록 푸른 도신을 지니고 있던 도는 극성으로 끌어 올린 빙혼정의 기운으로 인해 투명하게 변해 있었다.

이윽고.

바람이 불었다.

피바람이었다.

북풍한설처럼 매서운 바람이 주위를 휩쓸고 지나가자 주위의 병사들이 피를 뿜으며 쓰러졌다.

콰가가가각!

멈추지 않고 도를 찍어 눌렀다.

송곳 같은 얼음이 대지를 꿰뚫고 줄지어 치솟아 오른다. 그 날카로운 얼음 송곳에 병사들이 꿰뚫린다.

이미 공력은 바닥을 보이는 상황에서 연거푸 쏟아 냈다. 빙혼정에 대한 통제력은 점점 더 약해졌다. 척추를 타고 오르는 시린 기운으로 정신이 아찔해지다 못해 몽롱해질 지경이다.

언제 주화입마에 빠져들어도 이상하지 않다.

그러나 알고 있다.

'부족하다.'

초반이었다면 병사들의 숫자를 줄이는 것도 나쁘진 않았을 지 모른다. 하지만 이제 이미 끝으로 달려가고 있는 마당이다.

최대한 무게감 있는 상대를 죽여야 한다.

그래야만 이현에게 조금이나마 도움이 될 수 있다.

탓!

사도련주는 재차 오왕을 향해 몸을 날렸다.

"네놈 뜻대로 될 성싶으더냐!"

그런 사도련주를 향해 추국정이 창을 날려 왔다. 강맹한 기운이 서린 추국정의 창은 만들어 내는 바람 소리만으로도 충분히 위협적이다.

푸확!

사도련주의 등에서 핏줄기가 치솟았다.

미처 모두 피하지 못한 탓에 등줄기를 타고 길게 상처가 생겨난 탓이다.

"이런!"

하지만 당황한 음성은 추국정에게서 흘러나왔다.

사도련주가 반격 없이 오히려 공격을 허용하며 그를 빠져

나간 탓이다.

추국정의 뒤에 있는 건 오왕이다.

추국정이 급히 창두를 돌렸다.

"가, 감히 무엄……!"

등을 내주고 추국정을 지나친 사도련주가 오왕의 앞에 다다랐을 무렵이다.

이제 몇 발자국만 내디디면 사도련주의 도는 오왕에게 닿는다.

당황한 오왕의 얼굴이 사도련주의 두 눈에 크게 들어왔다.

콰릭!

그런 사도련주의 옆구리로 추국정의 창대가 날아들었다.

사도련주의 도가 오왕에게 다가가는 순간보다, 추국정의 창대가 사도련주에게 닿는 순간이 더 빠를 것이다. 아니, 여기서 한 발자국만 더 나아가면, 옆구리에 닿는 것은 창대가 아닌 창두가 될 것이다.

그러면 몸이 두 동강 난다.

아무리 호신강기를 펼친다 해도 상대는 오군 우도독 추국정이었으니까.

그 순간.

추확!

사도련주가 몸을 돌렸다.

한 손으로 추국정이 휘두르는 창대를 움켜쥐었다. 창대에 담긴 회전력과 공력에 손 가죽이 찢겨져 나갔다.

동시에.

추확!

사도련주 또한 도를 휘둘렀다.

창대를 쥔 추국정의 두 팔 중 하나를 잘라 냈다.

"지금!"

사도련주가 소리쳤다.

이어 추국정을 향해 검은 바람이 휩쓸고 지나갔다.

추국정의 오금에 칼이 꽂히고, 그의 등을 파고든 칼이 가슴을 꿰뚫고 나온다.

기회를 엿보던 흑풍들이 추국정을 향해 일제히 달려든 것이다.

빙혼정으로 서로 통하여 있기에 가능한 일이었다.

중간에 작전을 바꾸어 오왕을 공격하는 행위 자체를 미끼로 추국정을 노렸다.

"……큭!"

예상치 못한 기습에 당한 추국정이 우뚝 멈췄다.

입에서 작은 신음을 터트린 그의 두 눈은 이내 분노로 물들었다.

"크와아악!"

동시에 폭발하듯 공격을 쏟아 냈다.

비록 팔 하나를 잃고, 예기지 못한 기습을 받았지만 그의 무위가 어디로 가는 것은 아니다.

더욱이 사도련주와 흑풍과 달리 그의 공력은 아직 그대로다.

광폭한 기세로 휘두르는 그의 창날에 기습했던 흑풍 몇몇이 피를 쏟으며 튕겨져 나갔다. 개중에 몇몇 재수 없는 병사들 또한 그 속에 휩쓸려 목숨을 내놓아야 했다.

퍼억!

그 틈에 사도련주의 도가 추국정의 머리에 틀어박혔다.

왼쪽 관자놀이 아래에서부터 파고든 도가 정확히 눈에서 멈춘다.

쩌저적.

사도련주의 공력에 얼어붙은 상처는 피 한 방울 흘리지 않는다.

연이은 기습.

그럼에도 정작 추국정은 신음조차 내지르지 않았다.

"……으득!"

남은 한쪽 눈에 분노를 가득 채웠을 뿐이다.

"허튼 수를 쓰는구나!"

분노가 가득 담긴 추국정의 목소리는 짐승의 울음소리와

닮아 있었다.

그리고.

'그 순간에도 판단력을 잃지 않았다!'

사도련주의 얼굴에 낭패의 빛이 떠올랐다.

흑풍이 늑대처럼 달려들었다. 폭주하는 추국정의 모습은 이성을 잃은 듯했다.

그리고 그 순간 드러난 잠깐의 빈틈을 노렸다.

원래대로라면 그대로 머리가 두 조각 나야 한다.

그런데 그러지 못했다.

관자놀이부터 시작해 파고들던 도를 막는 손이 있었다.

추국정의 손이다.

결국 마지막 일격은 실패로 돌아갔다. 이제 더는 남은 공력도 없다.

이제 사도련주를 기다리는 것은 분노한 추국정의 응징이다.

퍼억!

추국정의 발길질에 사도련주의 신형이 바닥에 처박혔다.

스윽!

창을 든다.

"끝내지!"

추국정의 창끝이 사도련주를 가리켰다.

피해야 하지만 피할 힘이 남아 있지 않았다. 그나마 아직 성한 흑풍이 앞을 막아섰지만, 그마저도 바람 앞의 등불과 같다.

그리고 마침내 추국정이 움직였다.

스륵!

그때였다.

사도련주를 향했던 충국정의 창이 경로를 바꾸었다.

추국정의 창이 향한 곳은 사도련주가 아닌 오왕이다.

"웬 놈이냐!"

뒤이어 추국정의 성난 외침이 오왕부를 뒤흔들었다.

추국정의 창은 오왕의 코앞에서 멈춰 서 있었다.

그리고.

오왕의 코앞에 멈춰 선 추국정의 창신엔 은사가 감겨 있었다. 그 은사의 끝에는 작은 비수가 매달려 좌우로 왔다 갔다 한다.

"이런! 설마 이걸 막으실 줄은 몰랐는걸요? 그리고 틀렸어요! 놈이 아니고 년이에요."

좌중의 시선이 일제히 돌아갔다.

오왕부 정문 지붕 위.

그곳에 여유로운 미소를 짓고 있는 초희가 서 있었다. 심각한 분위기와 동떨어진 생글거리는 웃음을 짓고 있는 그녀의 자태는 제법 아슬아슬했다. 그녀의 붉은 옷은 속옷이라고 해도 좋을 만큼 간신히 몸만 가리는 수준이었으니까.

아찔하다고 해도 좋을 만한 자태를 뽐내는 초희는 좌중의 시선은 아랑곳없이 오왕을 바라보았다.

"소녀 수적왕 초희. 전하께 인사 올려요."

조금 전 그를 죽이려 했음에도 오왕을 향해 인사를 건네는 초희의 태도는 당당했다.

"실례가 되지 않는다면 소녀께 잠시 시간을 허락해 주시겠어요?"

그리고 뻔뻔했다.

오왕도 어이가 없는지 웃음을 터트렸다.

"무엄한 년이로구나! 그래. 시간을 내어 달라? 내가 굳이 그래야 할 이유가 있느냐?"

"저기 저 사람과 해야 할 말이 있어서요."

초희는 손가락으로 쓰러져 있는 사도련주를 가리켰다.

"불허한다면?"

오왕이 물었다.

"하오면 소녀는 감히 이 자리에서 오왕의 적이 되어야겠지요?"

"허한다면?"

"그땐 저 사람의 대답에 따라 달라지지 않겠어요? 적이 될

지 아니면 아군이 될지."

"재미있구나."

"글쎄요? 과연 재미로 끝날까요?"

초희가 싱긋 웃었다.

그리고 손끝을 까딱인다.

반짝!

동시에 사도련주를 중심으로 오왕부 전체를 촘촘히 가로
지르는 은사가 볕에 반짝이며 모습을 드러내었다.

초희의 붉은 옷은 천잠보검.

그것은 그녀를 지키는 방호구인 동시에 그녀의 검이기도 했
다. 그녀는 천잠보검에서 은사를 뽑아내 싸운다.

그녀의 옷차림이 가벼우면 가벼울수록, 그녀가 뽑아낸 은
사가 그만큼 많음을 의미했다.

초희는 이미 모습을 드러내기 훨씬 이전부터 은밀히 이 주
위에 은사를 설치했다. 그리고 지금에서야 그 은사를 드러낸
것이다.

은사를 모두 설치한 그녀는 한때 잠시나마 이현을 곤란하
게 만들었을 만큼 까다로운 적이 된다.

의미는 간단했다.

무력시위다.

그 무력시위에 오왕의 눈이 깊어졌다.

"과인이 손해 볼 일은 없겠군. 허하겠노라."

어차피 싸워야 할 적이라면 그저 시간을 조금 더 준 것뿐이다. 반대로 일이 잘 풀려 그녀가 오왕에게로 돌아선다면 그건 그것대로 이득이다.

비록 말석이나마 천하십대고수의 한 자리를 차지하고 있는 그녀는 언제든 탐나는 인재였으니까.

"감사합니다. 전하."

초희는 이미 예상했다는 듯 여유롭게 허리를 숙여 보이곤 이내 사도련주를 향해 시선을 돌렸다.

"언니를 미망인으로 만들고 싶으시진 않으시겠죠? 살려 드릴 수 있어요."

그녀는 사도련주에게 구명의 손길을 내밀었다.

"다만."

그러나 조건이 있다.

"혼인해 주세요. 참 쉽죠?"

*　　　*　　　*

갑작스러운 청혼이었지만 이상할 것은 없다.

사도련주를 향한 초희의 연심이야 아는 사람은 다 아는 이야기다.

초희의 청혼은 이번이 처음이 아니었다.

그러나 이번만큼은 때가 좋지 않았다.

"꼭 지금 그런 이야기를 해야겠소?"

매사 진중하게 초희를 대하던 사도련주조차 이번만큼은 어처구니가 없다는 표정이었다.

죽음을 앞둔 마당이다.

흑풍도 사도련주도 더 이상 힘이 남아 있지 않았다. 그에 반해 적은 여전히 강력하다.

어디로 보나 혼담을 주고받기에는 어울리지 않는 자리였다.

하지만 초희는 당당했다.

"위기는 곧 기회라고들 하죠."

싱긋 웃는 얼굴은 전혀 아쉬울 것 없다는 듯했다.

"이럴 때 아니면 련주께서 진지하게 생각이나 해 주시겠어요?"

항상 청혼을 했다.

그리고 사도련주는 항상 그 청혼을 거절했다. 혹은 회피하던가.

사도련주의 일편단심 부인 사랑에 초희가 낄 자리는 없었다.

그러니 어쩌면 초희의 말대로 지금의 위기 상황이 오히려 그녀에게는 더욱 좋은 기회였다.

"어쩌실래요? 이대로 언니를 과부로 만드실 작정이신가요? 뱃속에 아이는요? 평생 아버지 얼굴도 모르는 채로 자라게 할 생각인가요?"

적어도 지금은 사도련주도 한번쯤은 더 고민해 볼 수밖에 없었으니까.

"자! 선택하시죠."

여유롭게 선택을 강요하는 그녀의 물음에 사도련주의 표정이 굳어졌다.

'비겁하지만…… 이걸로 되었어.'

그리고 초희는 확신했다.

고민할 것이다. 지금까지보다 더 심각하게.

사도련주의 부인 사랑을 그녀도 잘 알고 있다. 그렇기에 이 험난한 세상에 아이까지 가진 부인을 홀로 두고 죽는다는 것이 얼마나 어려운 일인지도 잘 안다.

사도련주의 선택에 자신을 향한 애정 따위는 전혀 없다고 해도 상관없었다.

그저 그의 곁에 있을 수 있다면 그것으로 되었다.

사도련주는 초희를 사랑하지 않아도 초희는 그를 사랑했으니까.

그리고 무엇보다 지금이 아니면 더 이상 사도련주의 곁에 머물 기회가 없음을 알기 때문이다.

사도련주 부인의 배 속 아이가 태어나면 이젠 정말 그의 곁에 다가갈 수 없을 테니까.

하지만.

"미안하오."

깊게 고민이라도 할 것이라는 초희의 예상과 달리 사도련주의 입에서는 너무나 쉽게 대답이 흘러나왔다.

일말의 고민조차 없었다.

그저 여전히 심각한 얼굴로 고개를 숙여 저을 뿐이다.

"……예?"

초희가 당황해서 반문했다.

그 반문에 사도련주는 웃었다.

"나는 부인을 사랑하오. 헌데 어찌 그런 부인을 두고 소저와 혼인할 수 있단 말이오."

꽈악.

초희는 입술을 깨물었다.

사도련주의 거절은 차분했지만, 단호한 그의 두 눈은 조금의 여지도 허락하지 않았다.

"……정실이 되길 원하는 게 아니에요."

초희도 사도련주의 첫 번째 부인이 되길 원한 건 아니었다.
사도련주가 그러리라고는 상상조차 할 수 없었으니까.

둘째라도 상관없다.

아니,

"첩이라도 상관없어요. 제가 원하는 건 그저 당신의 곁에 머물 수 있는 자리일 뿐인걸요."

처가 되지 못해도 상관없었다. 그녀는 그저 사도련주와 함께하고 싶었을 뿐이다. 그의 곁에 서서 좋아할 수만 있으면 그 자리의 이름 따위는 아무래도 상관없었다.

"내게 연인은 한 사람이오. 부인 또한 마찬가지요."

그러나 사도련주는 그마저 허락하지 않았다.

"……."

초희는 끝내 말을 잇지 못했다.

그녀가 원했던 것은 이런 상황이 아니었으니까.

비겁하고 치사하지만, 이런 상황을 빌어서라도 사도련주가 한번쯤은 진지하게 고민해 주길 원했었다.

그러나 사도련주는 지금 이 상황이 되어서도 그녀의 청혼은 진지하게 고민하지 않았다.

안 된다는 거다.

어떤 상황, 어떤 순간이 와도.

그럼에도 사람의 마음은 얄궂다.

"혹시나 하는 기대는 말아요. 청혼을 거절당하고도 제가 당신을 도울 것 같나요?"

아린 마음을 누르고 독하게 말했다.

"세상에 어떤 여자도 용기 내 건넨 청혼을 거절당하고도 웃을 수는 없어요. 저도 그래요."

아무리 그녀가 개방적이고 적극적인 여인이라 하지만, 그럼에도 여자다.

연심을 밝혔다. 청혼했다. 아니, 혼인을 구걸했다.

그렇기에 돌아온 거절은 더욱 깊은 상처를 만든다. 아무렇지 않을 리 없다.

"들어 보셨죠? 여자가 한을 품으면 오뉴월에도 서리가 내린다고?"

협박했다.

"원망하시오. 소저가 적으로 돌아서 나를 죽인다한들 내가 무슨 할 말이 있겠소."

그럼에도 사도련주의 마음은 바뀌지 않았다.

"……거절하면 죽어요. 언니를 과부로 만들 생각이신가요? 아이는요? 곧 태어날 아이는 보고 싶지 않으신가요?"

마지막 남은 자존심까지 버리며 던진 물음이다.

구걸도 협박도 아닌 애원이다.

초희는 부디 그것으로나마 사도련주의 마음을 돌리고 싶었다.

"어쩌겠소. 나라는 사람이 이렇게 되어 먹은 사람인 것을."

그럼에도 사도련주는 웃을 뿐이다.

"이익!"

초연히 죽음을 받아들이는 사도련주의 모습이 초희를 더욱 분하게 만들었다.

초희는 고개를 숙였다. 머리칼 사이로 드러난 귓불은 빨갛게 물들어 있었다.

"끝까지……!"

이를 악문 그녀의 읊조림은 지금 그녀가 느끼는 비참한 심정을 고스란히 대변해 주고 있었다.

그리고.

초희는 다시 고개를 들었다.

"끝까지 잔인하시네요. 당신이란 사람은!"

활짝 웃었다.

마치 아무런 일 없는 것처럼. 하지만 여전히 붉어진 귓불은 숨기지 못했고, 눈가에 망울진 물기는 닦아 내지 못했다.

그럼에도 그녀는 인정했다.

고백했고, 거절당했다.

고백이 이루어지지 않은 남녀 사이에 남아 있는 일은 이제 하나뿐이다.

헤어질 때다.

탓.

초희가 뛰어내렸다.

"미안하오."

"지금 와서 그런 말 해도 소용없어요. 하나도 위로 안 되거든요?"

전장 한가운데에 내려선 그녀는 사과하는 사도련주에겐 눈길조차 주지 않고 스쳐 지나갔다.

그리고 오왕을 바라보았다.

"기다려 주셔서 감사해요. 전하!"

정중한 초희의 인사에 오왕의 가는 눈이 호선을 그렸다.

"아니다. 제법 진귀한 경험이었구나. 결정은 하였느냐?"

"예. 전하께서 허락하신 시간 덕분에 결정을 내릴 수 있었어요."

"그래. 그것 참 다행이구나. 과연 그 결정이 무엇인지 궁금하군. 물론, 내 눈에는 그 결과가 보인다마는……."

오왕은 여유로웠다.

모든 상황을 지켜보았으니 그럴 수밖에 없다.

초희는 구명의 대가로 혼인을 요구했고, 사도련주는 이를 거절했으니까.

그러니 결과는 이미 나와 있는 것이나 진배없다.

그런 오왕의 말에.

"어머나! 역시 전하시로군요! 장강의 물결보다 종잡을 수 없는 여인의 마음까지 헤아리시다니! 정말 놀라울 따름이에요. 그러면 제 결정을 말씀드려야겠죠?"

싱긋 웃으며 돌아섰다.

여유롭게 오왕을 등진 초희가 지나쳐 왔던 사도련주를 향해 다시 다가갔다.

일어설 힘도 없는 사도련주는 그런 초희를 그저 담담히 바라볼 뿐이다.

"그간 여러모로 감사했소."

죽음을 피하려 하지 않고 담담히 받아들였다.

아직 힘이 남아 있는 흑풍이 그런 사도련주의 좌우를 지키며 그녀를 경계했지만, 이 자리에 모든 이들은 알고 있었다.

지금 흑풍의 상태로는 초희를 상대할 수 없다.

그녀는 천하십대고수 중 한 사람이며, 장강을 지배하는 여왕이었으니까.

그저 사도련주의 죽음을 조금 늦추는 것이 지금 흑풍이 할 수 있는 전부다.

흑풍의 경계를 받으며 초희의 붉은 입술이 작게 열렸다.

"도망치세요."

"⋯⋯!"

그리고 다시 오왕을 향해 돌아섰다.

"⋯⋯이게 대체 무슨 짓이냐! 놈은 네 제안을 거절하였다!

네년은 과인을 능멸하는 것이더냐!"

오왕이 대갈했다.

초희의 결정은 그가 짐작했던 것과는 정반대의 선택이었으니 오왕의 분노는 당연했다.

그런 분노를 받으면서도 초희는 여유를 잃지 않았다.

오히려 살포시 미소 지으며 응수했다.

"어쩌겠어요. 여인의 마음이란 장강의 물길만큼이나 알 수 없는 것을요."

그리고 등 뒤의 사도련주를 향해 말했다.

"가세요."

"그, 그게 무슨 말이오! 소저가 왜?"

놀라기는 사도련주 또한 마찬가지다. 응당 죽음이 다가오리라 예상하고 있었던 그는 초희의 결정에 놀란 마음을 감추지 못했다.

게다가 그는 그녀의 지금 결정과 같은 결과를 바라지도 않았다.

사도련주가 거듭 반발하려 했다.

"내가 무슨 염치로 소저를 두고……."

"착각하지 말아요!"

하지만 그 반박은 날카로운 초희의 고함에 가로막혔다.

초희는 여전히 오왕을 응시하며 자신의 할 말을 이었다.

"제가 당신을 아직 연모해서도, 미련을 못 버려서도 아니에요. 이제 저도 싫어할래요. 당신 따위."

마지막 고백조차 거절당했다.

그럼에도 사도련주를 구하려는 이유는.

"언니 때문이에요. 당신은 미워하지만, 착한 언니는 미워할 수 없는 걸요. 언니에겐 당신이 필요해요. 그러니까 당신 때문이 아니에요."

초희는 차분하면서도 단호했다.

그럼에도 사도련주는 등을 보이고 돌아선 초희를 향해 소리쳤다.

"그럴 수 없소!"

사도련주도 안다.

초희는 그에게 도망치라고 말했다. 그 말인즉, 사도련주가 도망칠 때까지 초희가 홀로 남아 싸우겠다는 의미다.

그럼 반드시 죽는다.

사도련주는 자신을 대신해 초희를 희생시킬 만큼 모질지 못했다.

적에게는 한없이 냉정하지만, 아군에게 있어서는 호구에 가까울 만큼 무른 사람이 사도련주였으니까.

그것을 초희 또한 알고 있었다.

그녀가 남겠다고 한 이상 사도련주는 이곳을 떠나려 하지 않을 것이다.

그럼에도 초희는 옅게 웃었다.

"글쎄요? 과연 흑풍분들도 같은 생각이실까요? 안 그런가
요?"

"그게 무슨……읍!"

여전히 등을 돌린 채 하는 초희의 말에 사도련주는 의문에
찬 대꾸를 채 끝맺지 못했다.

어느새 마혈이 제압당한 사도련주의 몸뚱이가 통나무처럼
빳빳하게 굳어 버린 탓이다.

눈을 부릅뜬 사도련주의 곁에서 한걸음 앞으로 나서는 이
는 흑풍 일호 휘영이었다.

사도련주의 마혈을 제압한 이도 바로 그였다.

그는 몸이 굳어 버린 사도련주를 대신해 초희에게 말했다.

"죄송하오."

사도련주는 초희를 내버려 두고 도망칠 생각이 없을지 몰
라도, 휘영은 아니었다. 초희의 말처럼 사도련주는 그의 부인
에게 반드시 필요한 사람이다.

그러니 살릴 수 있다면 무슨 수를 써서라도 살려야한다.

휘영은 사도련주를 살리기 위해 초희를 희생시킬 작정이었
다.

그것을 알면서도 초희는 그저 웃을 뿐이다.

"아니요. 이해해요."

사도련주를 알기 시작하면서부터 흑풍을 알았다.

그들이 사도련주 만큼이나 소중히 여기는 이가 누구인지도 잘 알고 있었다.

그러니 당연한 선택이다. 또한, 그것이 초희가 원하는 결과 이기도 했다.

"가세요."

초희가 말했다.

드드득!

그녀가 손가락을 까딱하자 굳게 닫혔던 오왕부의 정문이 활짝 열렸다. 열린 오왕부의 정문에는 은사가 반짝였다.

"건투를 빌겠소. 가지!"

휘영은 고개를 숙이며 초희를 향해 예를 취한 후 살아남은 흑풍들과 함께 자리를 물러섰다.

"감히 과인을 능멸하고도 곱게 보내 주리라 여겼느냐! 뭣들 하느냐! 어서 저 연놈들을 잡아들이지 않고!"

오왕도 보고만 있지는 않았다.

휘하의 무관에게 명령을 내리는 오왕의 얼굴은 흥분으로 붉게 물들어 있었다.

하지만.

서걱!

초희의 손짓 한 번에 팽팽하게 당겨진 은사가 공격하려는 이들을 가로막았다.

오왕의 명령에 반응해 뛰쳐나가려던 병사의 창간이 은사에 걸려 예리하게 베어졌고, 이에 놀란 이들은 섣불리 앞으로 나서지 못한 채 주춤할 수밖에 없었다.

초희는 그들을 향해 가슴을 내밀었다.

"천잠보검은 천하에서 손꼽히는 신병이죠. 아무리 전하의 병사들이 용맹하다 해도, 천잠보검의 거미줄은 쉽게 뚫지 못할걸요?"

그녀의 말대로다.

천하십대고수 급인 추국정조차 쉽사리 천잠보검의 은사를 끊어 내지 못하고 있었다.

그 사이 사도련주를 부축한 흑풍이 정문을 빠져나갔다.

동시에 초희가 손가락을 까딱했다.

끼이이익!

활짝 열렸던 정문이 닫힌다.

초희는 그때서야 뒤를 돌아 닫히는 문 틈 사이로 보이는 사도련주의 모습을 눈에 담았다.

그리고 말했다.

"어때요? 이 정도면 당신이 죽을 때까지 떠오를 여자 같지 않나요?"

쿵!

문은 그녀의 말이 끝남과 동시에 굳게 닫혔다.

그리고 고개를 돌렸다.

"네년이 이러고도 무사할 줄 아느냐! 네년을……!"

광분한 오왕의 고함성이 초희의 얼굴을 때렸다.

그러나 초희도 이번만큼은 웃지 않았다.

웃는 모습은 이미 충분히 보여 주었으니까.

"자꾸 년년 하지 말아요. 듣는 년 기분 나쁘답니다. 그리고 죽으려고 작정한 미친년이 무사하길 바랄까요? 안 그래요. 전하?"

태도가 바뀌었다.

더불어 변한 말투만큼이나 눈빛 또한 송곳처럼 날카로워졌다. 그런 시선으로 주위를 훑는다.

우, 움찔!

주춤거리며 다가서지 못하던 병사들의 어깨가 초희의 시선이 닿을 때마다 들썩였다.

'하여간 남자들이란!'

그녀는 알았다.

너무나 익숙했으니까. 이 와중에도 주위를 포위한 병사들의 시선은 무의식적으로 한 곳을 향하고 있었다.

그곳이 그녀의 신체 중 가장 남다른 발육을 자랑하는 곳임은 두말할 필요도 없다.

심술궂은 미소를 지었다.

그리고 손을 가렸다.

"제 손에 낀 가락지가 옥가락지일까요? 아니면 금가락지일
까요?"

"……?"

갑작스러운 질문.

상황에 어울리지 않는 그녀의 질문에 모두들 얼굴에 의문
만 띨 뿐 아무런 대답도 내놓지 못했다.

그런 반응에 초희의 얼굴은 더욱 차가워졌다.

"눈깔 치워! 너 같은 것들 보라고 가꾼 몸 아니니까!"

더불어 손가락을 움직였다.

그녀의 손끝에 걸린 은사가 빠르게 당겨지며 그녀가 설치해
둔 은색 거미줄이 빠르게 요동쳤다.

추확!

당겨진 은사가 병사들을 급습했다.

사방에 핏물이 치솟는다.

그와 동시에 몸을 날렸다.

빠르게 손가락을 움직이고, 공력을 움직인다. 새로운 거미
줄을 만들고, 그 거미줄은 더욱 단단하고 치밀하게 주위를 장
악하며 뻗어 갔다.

이렇게 되면 오왕부 쪽도 가만히 있을 수만은 없었다.

초희가 움직인 이상 오왕도 대응을 해야 했다.

"언제까지 저 년이 날뛰도록 내버려 둘 생각이더냐!"

오왕의 고함에 추국정이 반응했다.

"궁수 사격 개시! 일반 병사들은 후미로 이탈! 부관들은 앞
장서라!"

일사불란하게 명령을 내렸다. 동시에 그가 가장 앞에서 초
희를 향해 달려들었다.

추국정이 창을 휘두를 때마다 초희가 펼쳐 놓은 천잠보검
의 거미줄은 크게 출렁거렸다. 금방이라도 찢어질 듯 찢어질
듯하면서도 아슬아슬하게 버텨 내고 있었다.

그리고.

수적왕 초희. 오군 우도독 추국정이 정면으로 부딪쳤다.

조금의 실수가 죽음으로 직결되는 상황이다.

그런 상황 속에서 초희는 이현의 말이 떠올랐다.

　　대체 그 덜떨어진 놈이 뭐가 좋다고 대신 죽어 주기
　까지 해?

이현과 헤어지기 직전 그가 했던 말이다.

그때 초희가 물었다.

제 손에 끼인 반지가 옥가락지일까요? 아니면 금가
락지일까요?

무슨 개똥 같은 소리야? 너는 은, 금도 구분 못 하
냐? 은가락지 껴 놓고는 왜 금가락지 옥가락지 타령이
야?

문득 떠오른 생각에 초희는 웃었다.
'그러게요. 고작 반지 하나 맞췄다고…… 이럴 줄 알았으면
당신을 먼저 만날 걸 그랬어요.'
초희가 손을 휘두르자 그녀의 손가락에 끼인 은가락지가
은사와 함께 얽혀 반짝였다.

第八章

　그 시각 이현이 있는 곳은 오왕부 내부가 아닌, 오왕부에서
십 리쯤 떨어진 한적한 평원이었다.

　"염병! 빠르긴 더럽게 빠르네."

　투덜거림과 함께 이현은 팔뚝에 박힌 검을 뽑았다.

　쯔걱.

　잠깐 사이 굳어 버린 피는 뽑히는 검과 함께 끈적하게 따라
나왔다.

　"썩을! 다 잡았는데!"

　다 잡은 회의를 놓쳤다. 양손으로 동시에 펼친 쌍 시산혈
해는 회의를 무력화시키기에 충분했다. 이후에도 방심하지

않았다.

그럼에도 죽이지 못했다.

깨어나라는 말 같지도 않은 회의의 말은 귓등으로 넘기고 그를 죽이려 할 때.

방해가 있었다.

"투검(投劍)이라……."

멀리서 날아온 투검은 검기조차 둘러지지 않았다. 그러나 위협적이었다.

검은 이현이 인지하는 감각 밖에서부터 날아와 꽂혔다. 예상치 못한 순간 빠르게 공간을 격하고 날아온 검이다. 미처 피할 틈도 없었다. 급히 팔을 들어 막는 것이 고작이었다. 그마저도 호신강기를 두른 팔을 간단히 꿰뚫은 데다 뒤로 다섯 장이나 밀려나게 만들었다.

그리고 그 틈에 회의가 도망쳤다.

바로 추격했지만 애초에 신법에 한해서는 회의가 이현을 앞서고 있었다. 그나마 치명상을 입혀 놓지 않았더라면 추격할 여지조차 없었을 것이다.

거리를 좁히고, 다시 뒤처지고를 반복했다. 그리고 그럴 때마다 감각 밖에서 검이 날아와 방해했다.

결국 그래서 놓쳤다.

하지만 실망하진 않았다.

"예상외의 수확이네. 이것도 나쁘진 않지."

비록 회의를 죽이지는 못했지만, 회의는 치명상을 입은 상태다. 당분간은 회의의 개입을 걱정하지 않아도 된다. 싸울 수 있는 몸 상태가 아니었으니까.

죽이지 못했어도 나름 괜찮은 결과다. 마음대로 활개 칠 수 있는 시간을 벌었다는 것이니까.

무엇보다.

"검기 없이 호신강기를 뚫는……."

황실에 속한 또 다른 고수의 존재를 알게 되었다.

검기도 없이 호신강기를 뚫는 고수는 확실히 특이하다. 그러면서도 어딘가 모를 기시감을 주고 있었다.

"혜광 그 망할 영감탱이!"

기시감의 정체는 혜광이다.

때로는 검강 다발을 줄기줄기 뽑아내기도 하지만, 혜광은 기본적으로 검기니 검강이니 하는 것을 애용하는 편이 아니다.

그럼에도 강하다.

이현이 전력으로 펼친 혼원살신공의 제이초를 맨손으로 찢어 버릴 만큼.

오로지 검만으로 호신강기를 꿰뚫어 버린 황궁 정체불명의 고수에게서 혜광을 떠올린 이유다.

아니, 굳이 그러한 이유를 듣지 않더라도.

날아온 칼이 팔뚝에 꽂히던 그 순간 직감적으로 혜광을 떠올렸을 만큼 설명할 수 있는 범위 밖의 동질성을 품고 있었다.

그러나 안다.

"그 늙은이는 아니야."

혜광은 아니다.

투검의 주인이 혜광이었다면 굳이 검을 날릴 필요도 없었을 것이다. 이현의 행사가 마음에 들지 않아서 막았던 것이라면, 그냥 다짜고짜 모습을 드러내고 주먹질부터 해 댔을 인간이었으니까.

재수 없는 인간이지만 혜광에겐 그만한 자신감과 실력이 있었다.

어찌 되었든.

오늘 싸움으로 덕분에 황실과의 전쟁에 앞서 보다 구체적인 작전을 짤 수 있다는 것만은 확실하다.

"……."

생각을 마친 이현의 고개가 돌아갔다.

저 멀리.

인간의 육안으로는 도저히 볼 수 없는 곳.

그곳을 바라보는 이현의 두 눈이 각각 붉고 푸르게 물들어 있었다.

그리하여 보고 있었다.

빽빽한 전각 위로 내려앉은 은빛 거미줄, 그 거미줄을 꿰뚫고 하늘로 치솟는 강기.

보지 않아도 알 수 있었다.

초희가 오왕부와 싸우고 있다. 그리고 그 싸움은 막바지로 향하고 있었다.

지금 이현이 달려가 도착하기도 전에 끝날 만큼 빠른 속도로.

천잠보검의 효능을 빌어 다른 천하십대고수가 하지 못하는 일들을 할 수 있는 초희였지만, 반대로 그 힘을 빌려 성장했기에 다른 고수들이 할 수 있는 것을 하지 못했다.

그중 하나가 진정한 강자와의 대결이다.

자신보다 한 단계 강한 이도 곤란하게 만들 수 있지만, 반대로 한번 파훼당하기 시작하면 끝없이 물러서야 한다.

멀리서 보기에도 현재 초희는 그 약점을 고스란히 드러내고 있음을 짐작할 수 있었다.

오왕부를 뒤덮은 거미줄이 빠른 속도로 찢겨져 나가고 있었으니까.

"미친년!"

이현으로서는 도무지 이해가 가지 않았다.

뭐 얻어먹을 게 있다고 사도련주 대신 죽음을 택한단 말인가.

그것도 고작 그녀의 손에 낀 가락지가 무언지 맞췄다는 이유로.

단단히 미친 것이 아니고서야 불가능한 일이었다.

그 모습을 가만히 지켜보던 이현은 이내 고개를 돌렸다.

따지고 보면 지금 남 걱정할 때가 아니었다.

칼 맞았다.

기습이었고 치명적인 것은 아니었지만, 어쨌든 맞았다.

"아. 쥐똥 같은 년이 지랄할 텐데!"

당장 돌아가면 한바탕 난리를 칠 청화를 생각하니 눈앞이 깜깜했다.

그렇다고 안 돌아갈 수는 없다.

"당했으니 돌려줘야지."

은혜는 몰라도 원한은 반드시 갚는다. 물론, 백 배 천 배 이자까지 쳐서.

오왕부가 뒤통수를 쳤으니 이제 이현이 오왕부를 칠 차례였다.

*　　　*　　　*

이현이 복귀했다.

역시나 예상처럼 팔뚝에 난 상처를 보고 난리치는 청화를 상대해야 했다.

그러나 그것도 잠시다.

오왕부를 향한 복수라는 눈앞의 목적이 있는 이상, 언제까지 청화와 어울려 줄 수는 없는 일이다.

사도련주의 집무실은 불빛 한 점 없이 깜깜했다.

그 안에 사도련주와 이현이 나란히 마주 보고 앉았다.

침울한 얼굴을 하고 있는 사도련주의 꼴은 말이 아니다. 여기저기 난 상처로 그의 몸은 이미 넝마나 다름없다. 전투에서 입은 내상은 아직도 수습되지 않았는지 가뜩이나 하얀 얼굴은 파리하게 질려 있었다.

초희의 목이 오왕부 정문에 걸렸다는 소식이 도착한 지 불과 일 각이 채 되지 않았다.

사도련주는 지쳐 있었다.

외적인 것은 물론, 내적인 부분까지 모두.

이현은 그런 그를 가만히 직시했다.

그리고 말했다.

"……그만둬라."

"……무슨 뜻이오?"

"은퇴하라고. 련주 자리에서."

냉정하게 확인 사살까지 마친 이현의 표정은 담담하기만
했다.

항상 장난스럽던 모습도 없었다. 놀란 사도련주는 이내 진
지한 이현의 표정을 보고는 다시 고개를 숙여야 했다.

사도련주가 다시금 입을 연 것은 그로부터 잠시 뒤의 일이
었다.

"……고맙소."

그를 자리에서 밀어내는 이현이건만 사도련주는 오히려 고
맙다고 했다.

그리고 이현은.

"천만에."

그 인사를 담담하게 받아들였다.

사도련주. 아니, 무린은 그렇게 사도련을 떠났다.

그리고 그날.

사도련에서는 사파 총 집결 명령이 내려졌다.

집결 기한은 열흘이다.

＊　　　＊　　　＊

사도련주는 이현을 배신했다. 아니, 배신도 무엇도 아니다.

배신했으면서 배신했음을 미리 알려 주고, 함정에서 빠져나

올 수 있는 계책까지 마련해 두었으니 배신이라고 하기는 무리다.

그러니 이현이 사도련주를 그의 자리에서 밀어낸 것은 단순히 그러한 이유 때문이 아니다.

사도련주에게는 치명적인 약점이 있다.

그의 부인. 아니, 이제 뱃속에 아이까지 있으니 그의 가족이라고 해야 맞는 말일 것이다.

이전에는 약점이 아니었다. 흑풍이 항상 그녀를 지키고 있었고, 사도련의 구중심처에 잠입해 흑풍이 지키고 있는 그녀를 어찌할 수 있는 사람은 그리 많지 않았으니까.

또한 그럴 만한 이유도, 필요도 없었고.

하지만 이제는 아니다.

그럴 만한 이유와 필요가 생겼다. 그리고 황궁에는 흑풍을 제압하고 그녀를 인질로 삼을 만한 고수가 존재한다.

이현이 파악한 숫자만 해도 셋이다.

황태자와 회의. 그리고 정체를 알 수 없는 투검의 고수.

그녀가 인질로 잡히면 사도련주는 또다시 이현을 배신할 수밖에 없다.

사도련주에게 그의 부인은 그럴 수밖에 없는 존재였으니까.

사랑이니, 연심이니 하는 말랑말랑한 것들에 목숨 거는 걸

이해할 수 없지만, 어쩔 수 없다.

그냥 편하게 사도련주라는 인간은 원래 그렇게 생겨 먹은 인간이거니 하고 넘어가는 수밖에.

어찌 되었건 이미 약점이 드러난 마당이다.

황실에 바보만 있는 것이 아닌 이상, 어떻게든 그 약점을 집요하게 노릴 것이다.

불안 요소는 미연에 잠재워야 한다.

그리고.

그것이 사도련주와 그의 부인, 곧 태어날 아이에게도 좋다.

적어도 위험한 순간은 없어질 테니까.

또한, 피비린내 나는 무림에서 피 한 방울 흘리지 않고 떠날 수 있는 절호의 기회였으니까.

"다 모였습니다."

한창 생각에 빠져 있던 이현은 호설귀의 말에 정신을 차렸다.

집무실을 나섰다.

그 곁을 옥분과 정만이 조심스럽게 따랐다.

대전으로 가는 동안 내내 눈치만 살피던 옥분이 이내 참지 못하고 입을 열었다.

"정말 그렇게 하실 겁니까?"

"어."

"……무난하게 하실 생각은 없으시죠?"

"왜? 무난하게 다 죽이고 시작할까?"

옥분의 물음을 대수롭지 않게 넘긴 이현이 대전으로 들어섰다.

여전히 옥분은 불안한 기색을 감추지 못했다.

하긴.

사파 총 집결령이 내려진 현재.

사파에 속한 대부분의 전력들이 집결해 있다.

물론 이 넓은 중원에서 불과 열흘이란 시간 안에 모든 전력이 집결한다는 건 불가능에 가까운 일이었다. 하지만 적어도 열흘 거리 안에 있는 대부분의 사파 문파는 참석한 자리다.

당연히 사도련의 무사들보다 집결한 사파 무사들의 머릿수가 훨씬 더 많을 수밖에 없다.

소란이 일어나면 여러모로 복잡해진다.

화악!

대전에 들어서자 공기부터 달라졌다.

사람이 내뿜는 입김 탓인지, 아니면 최근 무림맹을 무너트리고 한창 사기충천한 사파에 내려진 집결령에 대한 기대 때문인지 대전은 후끈한 열기로 뒤덮여 있었다.

"옛! 많이도 왔네."

너스레를 떠는 이현의 등장에 순간 좌중의 시선이 집중되었다.

저벅. 저벅. 저벅.

이현은 그런 시선을 받으며 걸음을 옮겼다.

그리고 사도련주의 자리에 앉았다.

삽시간에 분위기가 반전된다. 후끈했던 기운은 온데간데없이 사라지고, 대신 그 자리를 술렁임이 대신했다.

이현의 직함은 부련주.

아무리 이현의 무위가 높다고 하더라도 이는 허락될 수 없는 일이다.

사도련주의 직인이 찍힌 집결명을 받고 모여든 그들이었기에 더더욱 혼란스러울 수밖에 없는 상황이었다.

그런 그들을 내려다보며.

"오늘부터 내가 사도련주다!"

이현이 말했다.

"……!"

찬물을 끼얹은 듯 분위기가 얼어붙었다.

그 분위기 속에서도 이현은 거침없이 제 할 말을 이었다.

"불만 있는 놈?"

히쭉 웃는 이현의 물음이 대전을 가득 채웠다.

"……."

그러나 누구 하나 먼저 입을 여는 이 없이 서로 눈치만 살

필 뿐이다.

"셋 센다. 하나."

이현은 기다려 주지 않았다.

혼란을 수습할 틈도 없이 멋대로 숫자를 세기 시작하는 이현의 행동에 눈치를 살피던 좌중의 얼굴에 조급함이 어리기 시작했다.

"둘. 하……!"

"……저!"

염소수염을 한 깡마른 누군가 입을 열었다.

이현은 알지 못했지만 사파에서 열 손가락 안에 꼽히는 배도방의 방주 도건요라는 자다.

들어 올리기 시작한 그의 손이 막 귀 위를 향하고 있을 때였다.

"웬 모기가!"

스확!

이현이 검을 휘둘렀다.

쿠구구궁!

다짜고짜 경고도 없이 휘둘러진 검은 전각 지붕 하나를 내려 앉혀 버렸다.

"아! 미안. 웬 모기 새끼가 설쳐 대서. 근데? 너 뭐라고 했냐? 불만 있어?"

그러고는 태연하게 도건요를 향해 물었다.

입은 피식 웃고 있지만 눈은 웃지 않는다.

눈치만 잘 봐도 절반은 먹고 들어간다는 사파다. 그런 곳에서 열 손가락 안에 꼽히는 배도방의 주인인 도건요가 그 의미를 모를 리 없다.

괜한 모기 한 마리 잡겠다고 칼 휘두르는 인간은 없다. 아니, 설혹 있다 치더라도 그 칼로 멀쩡한 지붕을 박살 내지는 않는다.

협박이다. 무력시위다.

반대하는 놈은 방금 날려 버린 지붕처럼 반듯하게 베어 주겠다는 협박.

도건요는 서늘해지는 목 언저리를 쓰다듬으며 주위를 살폈다.

"뭐야? 왜 말을 하다가 말어? 불만 있냐고!"

그런 그에게 이현이 대답을 독촉한다.

'의리 없는 것들!'

이현이 무력시위를 한다고 해도 이 자리에 집결한 사파 문파가 몇이고, 그 문도들이 몇인가.

뒤엎으려면 얼마든지 뒤엎을 수 있다.

다만 피를 볼 뿐이다. 그것도 좀 많이.

그 피해를 보기 싫어서 지금 스스로 사도련주의 자리에 앉은 이현을 보고도 모두 눈치를 살피는 것이고.

그래도 이렇게까지 막 나오면 한번 뒤엎어야 하지 않는가 하는 생각도 있었다.

그런 의미에서 주위를 훑어본 것이다.

뜻을 함께할 동지를 찾기 위해서.

그런데 동지는커녕, 눈 한번 제대로 마주치는 놈이 없다. 아니 눈만 피하면 다행이다. 슬쩍 한걸음 물러서는 자도 있다.

불과 어제 사도련에 집결하기 전 밤에 벌린 술판에서도 함께 사파 천하를 이룩하자던 요도문주는 물론, 혼인을 통해 관계를 맺어 사돈이라 할 수 있는 수구방주까지 그를 외면했다.

의미는 빤했다.

'그래! 어디 나 먼저 피 보라 이 뜻이렷다?'

한마디로 도건요가 어떻게 당하는지 일단 지켜보고 결정하겠다는 뜻이다. 다른 말로, 자기는 먼저 나서 피 보기 싫다는 뜻이기도 했다.

"야! 내 말 씹냐? 불만이냐고 묻잖아 지금!"

도건요가 새삼 사파의 얄팍한 우정을 곱씹고 있을 때에도 이현의 독촉은 계속되고 있었다.

눈초리가 올라간 것이 이젠 살기까지 보인다.

이제 죽이 되든 밥이 되든 대답을 해야 했다.

도건요는 눈을 질끈 감으며 용기를 냈다.

"저…… 연회는 언제 합니까?"

도건요도 먼저 나서서 피 보기 싫긴 마찬가지였다.

*   *   *

이현은 사도련주가 되었다.

서로 눈치를 살피며, 누가 먼저 나서서 피를 보느냐 경쟁하는 사이에 어영부영 이현은 사도련주가 되었다.

물론, 그건 어디까지나 표면적인 것에 불과했다.

전 사도련주. 즉, 무린과는 전혀 달랐으니까.

비록 피로써 사도련주의 자리에 오른 무린이었지만, 이후 보여 준 능력은 사도련주로서 인정받기 충분했다.

하지만 이현은 아직 그것을 보여 준 적이 없다.

압도적인 강함은 분명 보여 주었지만, 그것이 단체를 이끄는 장으로서의 능력 전부라고 할 수는 없었다.

치밀하든, 패도적이든 사도련에 속한 문파에 전체적인 이득을 창출하고 지켜 낼 능력을 보여 준 것은 아니었으니까.

그러니 무린과 같은 지배력을 기대하긴 어려웠다.

하지만 이현은 여기서 멈추지 않았다.

'연회는 언제 합니까'라는 도건요의 물음에 기다렸다는 듯이 '지금!'이라고 대답하고는 집결한 사파의 무인들을 이끌고 나섰다.

덕분에 강남에서는 때 아닌 대 이동이 이루어지고 있었다.

행렬의 선두는 이현과 호설귀를 비롯한 사도련의 인사들이 차지하고 있었다.

그리고 그 후미에는 집결한 사파의 무사들이 긴 꼬리를 물고 따라오고 있었다.

이현은 어디로 가는지 말해 주지 않았지만 상관없었다. 당장 사도련주 자리에 오른 이현을 어찌할 것인지 눈치 싸움 하는 것만으로도 버거웠으니까.

그러나 모든 사람이 그런 것은 아니다.

"그래도 용케 여기까지 왔습니다."

옥분이다.

이현을 만난 이후 부쩍 걱정거리가 많아진 옥분은 흘깃 후미를 바라보며 소곤거렸다.

"말했잖아. 원래 약은 놈들은 눈치 보다가 세월 다 간다고."

아무리 무림맹과 달리 수직적인 경향이 강한 사도련이라지만, 사도련 또한 엄연히 사파의 연합체다.

당연히 새로 사도련주의 자리에 오르려 하면 자신을 지지할 세력을 물밑에서 포섭하는 것이 우선이다. 그 뒤 절차를 따라 련주의 자리에 올라야 한다.

그런데 그런 것은 없다.

모두 모아 놓고 다짜고짜 사도련주가 되겠음을 선언했다.

옥분의 입장에서야 대번에 난리가 날 일이다.

그럼에도 어찌하지 못했던 것은 이현이 강하게 밀어붙인 탓이다.

그리고 그것이 통했다.

서로 눈치 보기 바빠 어영부영하는 사이 이현이 신임 사도련주의 자리에 올라 버렸다.

예상했던 큰 반발 따위는 존재하지도 않았다.

"그래도 그대로 믿을 수는 없겠지요."

"그렇겠지."

옥분의 걱정에 이현은 선선히 고개를 끄덕였다.

잠깐의 혼란을 틈타 사도련주가 되었다. 그러나, 그것이 언제까지고 계속될 것이라고는 누구도 장담할 수 없다.

물론, 거기에 대한 계획도 짰다.

저주스러운 그 계획도 옥분과 호설귀의 머리에서 나온 것이다. 평소라면 절대 세우지 않았을 계획이었지만, 어쩌겠는가.

이현이 힘으로 밀어붙이는데 쥐어짜 낼 수밖에.

옥분이 근심하는 사이.

이현은 옥분을 따라 후미를 한번 쓱 훑어보고는 씨익 웃음을 지었다.

"어디 한번 계속 밀어붙여 보자고. 정신 차리기 전에!"

이현의 사도련 접수 계획은 착실히 진행되고 있었다.

*　　　*　　　*

이현과 옥분이 밀담을 주고받는 사이, 후미를 구성한 각 문파의 문주들도 은밀히 밀담을 나누고 있었다.

그 이야기의 중심에 도건요가 있었다.

"회식이 뭡니까! 회식이! 평소에는 온갖 센 척은 다 하더니, 방도들 보기 부끄럽지도 않습니까? 어제 사파 천하를 이룩하자던 사람이 배도방주 아니셨냐 이 말입니다!"

물론 그 주된 내용은 도건요의 대답에 대한 비난이었다.

도건요도 할 말은 많았다.

"말씀 한번 잘 하셨습니다! 그렇게 말씀 잘 하시는 요도문 주께서는 왜 한 마디도 안하셨습니까? 사파 천하는 어디 저 혼자 말했답니까?"

현장에선 한 마디도 안 한 주제에 이제 와서 큰 소리니 도건요의 입장에서는 열이 오르고도 남을 일이다.

아니, 한 마디도 안 한 정도가 아니다.

엄밀히 따지면, 먼저 외면하고 발 뺀 쪽은 도건요가 아니라

요도문주 안지학이지 않은가.

"그, 그거야 사안이 사안이다 보니······!"

"자자 그만들 하십시오."

요도문주와 도건요의 갈등을 중재하고 나선 이는 도건요의 사돈인 수구방주였다.

흥분한 두 사람을 진정시킨 수구방주는 이어 말을 붙였다.

"것보다, 정말 이대로 가만히 있을 작정이시오? 사도련주란 본디 사파를 이끌고 권리를 대변하는 자리요. 그 자리를 무당신마에게 넘긴다는 것이 어디 말이나 되는 소리요? 하물며 그는 본디 무당파 출신이지 않소!"

수구방주가 가장 먼저 들고 나온 것은 이현의 출신 성분이다.

이현은 사파 출신이 아니다. 정파. 그 정파 중에서도 명문대파라 불리는 무당파 출신이다.

비록 그가 무림맹을 무너트리는 데 혁혁한 전공을 세웠다고 하더라도, 사파의 대표가 되기에는 명분이 부족한 것도 사실이다.

"다른 문주들도 같은 생각입니까?"

"다른 이들도 마찬가지요. 겉으로 말을 하지 않아서 그렇지 내심 불만을 갖고 있는 듯하더이다."

"문제는 그 불만을 먼저 앞장서 터트려 줄 사람이 없다는 것 아닙니까."

불만이 있다는 건 이미 알 사람은 안다.

어차피 이심전심이다. 당장 본인들도 불만이 있는데 다른 이들이라고 불만이 없을 리 없다.

그러나 함부로 하지 못하는 것은 상대가 무당신마 이현이기 때문이다.

홀로 안휘를 휩쓸어 버리고, 무림맹을 무너트리는 데 주축이 되었던 괴물이다.

앞장서 반대한다면 그런 괴물과 가장 먼저 부딪칠 수밖에 없다. 힘겹게 키운 문파가 하루아침에 거덜 날지도 모를 문제인 것이다.

그러니 눈치만 보고 있는 것이고.

"일단은 안으로 의견을 통합하는 것이 어떻겠소? 당장 움직이는 것이 아니라 미리 뜻을 모아 두자는 것이오."

"그래서? 그래서 어떻게 하겠단 말입니까?"

"기회를 봐야 하지 않겠소. 마침 사도련과 오왕부 사이에 갈등이 있다고 하니, 그 틈에 기회가 나지 않겠소이까. 잘 하면 오왕부의 지원을 얻을 수도 있을 테고, 우리들 중 한 사람이 사도련의 주인이 되는 것도 무리는 아니지 않소?"

"우, 우리들 중에 말입니까?"

수구방주의 말에 도건요가 눈을 부릅떴다.

사도련은 사파의 중심이다. 자연히 돈 많은 사파에서도 가장 많은 돈이 모이는 자리가 사도련주라는 자리였다.

깜냥만 있다면 얼마든지 주머니를 채울 수 있는 자리이기도 했다.

그동안 무린이 사도련주로 있으면서는 감히 넘볼 수조차 없는 자리였다.

"출신 성분에 명분까지. 못 할 것이 무엇이겠소? 능력과 수완만 보인다면 누가 무어라 하겠소이까."

"그, 그도 그렇습니다."

도건요가 고개를 끄덕였다.

듣고 보니 맞는 말이다. 능력과 수완만 확실히 보여 주면 된다. 더욱이 애초에 사파 출신이었던 그들이니 만큼 명분에서는 오히려 이현을 앞선다.

마냥 못 할 일만은 아닌 것 같다.

욕심이 생겼다. 입안에 감도는 군침을 애써 집어삼켰다.

그렇게 한참 이야기하고 있을 때였다.

"저 배도방주."

한참 달콤한 꿈을 꾸고 있던 도건요를 요도문주가 불러 깨웠다.

"아, 왜 그러십니까! 한창 중요한 이야기하고 있는 와중에!"

이미 사도련에서의 일 때문에 단단히 틀어진 도건요인 데

다가, 달콤한 상상까지 방해받았으니 나오는 말이 고울 리
없다.

그러나 요도문주는 그런 도건요의 불편한 심기를 아는지
모르는지 연신 주위를 살폈다.

"어째 길이 낯익지 않소?"

"길? 무슨 길이……!"

요도문주의 지적에 신경질적으로 대답하려던 도건요의 말
이 끊겼다.

확실히 낯이 익다.

업무상의 일로 자주 오갔던 길이고, 풍광이다.

그리고 저 멀리.

"이 길…… 오왕부로 향하는 길 같소만?"

수구방주는 저 멀리 희미하게 보이는 오왕부의 용마루 끝
을 가리켰다.

"어째서 여기로……?"

도건요가 낮게 중얼거렸다.

오왕부와 사도련 간에 모종의 마찰이 있었음은 이미 소문
이 파다했다. 비록 그 자세한 내막은 모르지만, 꽤나 심각한
것은 분명하다는 것이 중론이었다.

수적왕의 죽음 또한 그런 사도련과 오왕부 간의 마찰 탓에
벌어진 결과로 알려져 있었으니까.

그런데 새로 사도련주의 자리에 오른 이현이 오왕부로 향하고 있다.

느낌이 싸했다.

"자! 도착했다!"

그리고 그 느낌이 틀리지 않았음을 저 앞에 선두에 서 있던 이현이 확실히 확인시켜 주었다.

이현이 말했다.

"이제 놀아야지? 연회!"

그리고 오왕부를 가리켰다.

"쳐!"

*   *   *

"으아아아아아악!"

오왕부를 향해 괴성을 내지르며 질주하는 도건요의 얼굴은 붉게 상기되어 있었다. 도건요만이 아니다. 수구방주와 요도 문주를 비롯한 사파의 각 문주와 문도들이 그의 곁을 함께했다. 비명인지 괴성인지 모를 외침을 내지르고 있는 것은 그들 또한 똑같다.

도건요는 생각했다.

'아! 이게 아닌데……!'

조금 전까지만 해도 오왕부와 사도련 간의 갈등을 이용해 이현을 몰아내고 새로운 사도련주를 세운다는, 정확히 말하면 본인이 새로운 사도련주가 되는 행복한 상상에 빠져 있던 도건요다.

그런데 정작 지금은 오왕부와 사도련 사이의 갈등 최전선에 서 있으니 미칠 노릇이다.

그러나 그렇다고 지금 여기서 그만둘 수도 없다.

애초에 그만두고 싶다고 그만둘 수 있는 상황이었다면 '나만 잘되면 돼!'라는 극단적 이기주의로 가득한 사파의 무인들이 이렇게 선불 맞은 멧돼지처럼 뛰고 있을 리 없었다.

불가항력이다.

아니, 오히려 그 극에 이른 이기주의가 지금 사파 무인들이 오왕부를 향해 돌진하고 있는 결정적인 이유였다.

등 뒤에 이현이 따라 오고 있었다.

"따라잡히면 나한테 뒤진다?"

건들건들 걷는데 거리가 쭉쭉 좁혀진다. 혹시나 따라잡힐까 똥줄이 바짝 타들어 갈 지경이다.

다른 이유는 없다.

이현의 손에 들린 도 때문이다.

큼지막한 도에서 붉게 빛을 발하고 있는 것은 분명 강기다.

휘두르면 누군간 죽는다.

그리고 도건요를 비롯한 사파의 인사들 중 누구도 본인이 그 '누군가' 가 되는 건 사절이다.

더구나 거기서 끝이 아니다.

이현의 직속 무력 부대라고 할 수 있는 적조의혈단도 그 뒤를 따르고 있다. 한손엔 화섭자, 또 한손에는 심지를 꽂은 화탄을 들고.

분위기를 보아하니 뒤처진다 싶으면 바로 던질 태세다.

숨을 곳도 없어서 화탄을 맞았다가는 문파 하나 작살나는 건 일도 아니다. 그러니 감히 누가 대들겠는가.

죽자고 앞으로 오왕부를 향해서 달려 나가는 수밖에 달리 방법이 없다.

'이대로 가다간 정말 끝장이다!'

그러나 그렇다고 무작정 이렇게 달릴 수만은 없는 것도 사실이다.

오왕은 황족이다.

황족을 치면 바로 반역이다. 역적 되는 거야 당연한 수순이다. 그러니 이현이 원하는 대로 오왕부를 쳐서도 안 된다.

그렇다고 이대로 멈추자니 등 뒤에 칼 든 이현과, 화탄 들고 뛰어오는 적조의혈단에게 죽을 판이다.

진퇴양난. 사면초가다. 도건요는 울고 싶을 지경이었다.

'나라도 살 길을 찾아야 한다!'

고개를 돌려 무작정 내달리는 동지들을 바라보았지만, 답이 없기는 매한가지다. 그래도 살아야 한다는 본능이 빼도 박도 못하는 이 상황에서 도건요의 머리를 맹렬하게 회전시켰다.

그리고 방법을 찾았다.

"배도방의 방도들이여! 나를 따르라!"

머릿속에 번뜩이는 계책에 도건요는 큰 소리로 명령을 내리며 앞으로 내달렸다.

선두도 후미도 아닌, 중간을 고집하며 눈치 싸움하던 도건요가 속도를 높이며 선두로 치고 나섰다.

'이렇게 된 이상 오왕부에 붙는다!'

이현이 무섭느냐, 오왕부가 무섭느냐 묻는다면 당연히 오왕부가 무섭다. 오왕부 뒤에는 황실이 있고, 황실은 대군을 거느리고 있다.

아니, 잘만 하면 오왕부에 붙어서 좋은 자리 하나 꿰찰지도 모른다.

물론, 그렇게 되면 지금 함께 달리고 있는 사파 동지들이 위험해지겠지만, 그건 도건요가 신경 쓸 바가 아니었다.

'일단 우리 배도방이라도 살아야 한다!'

도건요도 나만 잘 되면 된다는 생각으로 똘똘 뭉친 사파인이었으니까.

하지만.

"우리도 달린다!"

"뒤처지지 마라!"

"제일 먼저 오왕부에 도착한다!"

사람 사는 게 다 똑같고, 사람 생각하는 게 다 똑같은 법이다. 하물며, 사람이라는 것이 본디 끼리끼리 모이는 법이었다.

도건요가 생각한 것을 다른 이들이 생각하지 않을 리 없다. 아니, 오히려 같은 족속들이기에 더욱 생각하는 게 거기서 거기일 수밖에 없다.

다른 사파 무사들까지 내달리기 시작했다.

불안감이 엄습했다.

갑자기 속도를 올리는 다른 사파 동료들을 보고 그들이 무슨 생각을 하는지 직감했다.

"이, 이런! 절대 선두를 뺏기지 마라! 우리가 먼저 오왕부에 도착해야 한다!"

도건요는 속도를 높였다.

그렇게 때 아닌 오왕부를 향한 속도 경쟁에 불이 붙었다.

"우어어어어!"

가장 먼저 배신할 생각에. 아니, 뒤처지면 죽는다는 생각에 질주하는 그들의 두 눈은 광기까지 어려 있었다.

'보, 보인다!'

그렇게 오왕부의 모습이 확연히 눈에 보일 만큼 가까워졌
다. 오왕부도 사도련의 공습을 알아차린 것인지, 벌써부터 병
사들이 태세를 갖추고 있었다. 벽과 지붕 위에는 궁수들이 시
위를 겨누고 있었고, 굳게 닫힌 정문 앞에는 화포까지 줄지
어 서 있었다. 그리고 그 가장 앞 선두에는 방패병과 창병들이
단단하게 방어선을 구축하고 있었다.

그리고 오군도독부 우도독 추국정이 직접 병사들을 지휘하
기 위해 버티고 서 있었다.

꾸준히 선두를 지킨 도건요는 그 모습에 희열했다.

'이긴다!'

사도련이 아닌 오왕부가 이긴다.

궁수에 화포, 방패병과 창병으로 구성된 단단한 방어선까
지. 오합지졸로 방패 하나 없이 달려드는 사도련이 그들과 싸
워 승리할 수 있을 리 없다.

오왕부의 승리를 확신한 도건요는 서둘러 외쳤다.

"기습입니다! 이놈들이 감히 오왕부를 공격하려 하고 있습
니다!"

하지만 사도련의 공습을 알리는 건 도건요만이 아니었다.

"기습이오! 이것들이 오왕부를 치려하오!"

"역모요! 이것들이⋯⋯!"

지금껏 같은 생각을 하고 달려왔으니, 결과라고 다를 리 없

다. 모두 서로 살겠다고 열심히 동료를 팔았다.

이래서 전직 사도련주. 무린이 사파 주인의 자리에 있으면서도 사파를 믿지 않았던 것이다.

그리고 사도련을 배신하고 오왕부에 붙으려는 그들의 행동에.

"역도들을 사살하라!"

추국정이 확실히 보답했다.

화살 비가 쏟아진다. 화포도 불을 뿜었다.

"왜, 왜? 나는 같은 편이라니까!"

예상과는 너무나도 다른 오왕부의 대응에 도건요는 멍하니 중얼거렸다. 가장 먼저 오왕부의 편에 붙어야겠다는 생각에 선두로 치고 나왔던 만큼 도건요와 배도방의 방도들은 도망칠 곳이 없었다.

뒤에서는 사파의 무인들이 밀고 들어오고, 앞에서는 오왕부의 병사들이 활과 대포를 쏘아 댄다.

깨달았다.

이렇게 된 이상 할 수 없다.

"이판사판이다! 돌격!"

이제 살려면 오왕부를 쳐야 했다.

第九章

"어떻게 사람이……."

옥분은 웃음도 안 나왔다. 어처구니가 없다.

이현이 칼 뽑고 사파의 무인들을 오왕부로 내몰 때부터, 그리고 적조의혈단이 화포를 들고 그 뒤를 쫓을 때부터 줄곧 어디서 보았던 그림이 연출되었다.

신강의 마적들이 그랬고, 장강의 수로채가 그랬었다.

이현에 의해 강제로 오왕부로 돌격하게 된 사파의 무인들은 정확히 마적과, 수적들이 했던 그 모든 행동들을 답습했다.

일단 살려고 죽어라 뛰고, 그 뒤에는 먼저 배신하겠다고 발버둥 친다.

그것이 안 통하면?

결국 이현이 원하는 대로 된다.

이 모든 것이 경험을 통한 옥분의 머릿속에서 나온 계책이었으나, 그래도 얼마나 통하겠는가 하고 반신반의했던 것이 사실이다.

그런데 통했다.

아주 확실하게.

심지어 오왕부의 반응까지 말이다.

하긴, 족히 이천이 넘는 무인들이 미친 듯이 달려오는데 무슨 말을 한들 믿을 수 있겠는가.

그럴 상황도 아니고, 그럴 여유도 없다.

차라리 다 죽이고 생각하는 편이 오왕부의 입장에서도 간단하긴 했다.

그리하여 결국 이현이 원하는 대로 되었다.

오왕부와 사파의 본격적인 전쟁의 시작이다.

"자! 이제 본격적으로 놀아 볼까?"

덕분에 이현만 신났다.

한손에는 강기 가득한 거도를, 나머지 한 손에는 검을 든 이현은 히죽 웃으며 몸을 풀었다.

앞쪽에서 막으려는 자와, 뚫으려는 자들이 만드는 아비규

환 따위는 안중에도 없어 보였다. 웃는 이현의 모습만 보면 그냥 어디 뱃놀이라도 나온 분위기다.

이현이 정만을 보고 말했다.

"그거 잘 챙겨 왔지?"

"예! 염려 마십시오! 출발할 때부터 이미 챙겨 왔습니다."

"좋아! 보다가 대포 빠지면 들어와!"

자신만만한 정만의 대답에 흡족하게 고개를 끄덕인 이현이 움직였다.

마치 쏘아진 화살처럼 신형을 움직인 이현은 순식간에 오왕부 정문 앞까지 이동했다.

그리고.

펑!

달려들던 속도 그대로 추국정의 머리를 움켜쥐고 벽에 처박아 버렸다.

추국정의 터진 머리에서 튀어나는 핏물을 그대로 뒤집어쓴 이현이 웃었다.

"자! 연회를 즐겨 보자고!"

오왕의 배신에 대한 이현의 반격이 본격적으로 시작되었다.

*   *   *

사실 사파의 무인들은 이현의 무위를 알지 못한다. 아니, 보다 정확히 말하자면 알긴 하지만 직접 두 눈으로 확인하지는 못했다는 말이 맞을 것이다.

천마를 죽이고, 산적과 마적. 그리고 수적뿐만 아니라, 홀로 무림맹을 무너트리고 무림맹주까지 제압한 이현이었지만, 그건 사파의 무인들이 직접 본 것이 아니다.

직접 두 눈으로 확인한 이들은 피해 당사자인 수로채의 수적 무리가 그나마 유일했다.

그리고.

오늘에서야 직접 두 눈으로 이현의 무위를 확인했다.

이미 추국정의 무위를 알 사람은 다 안다. 그런 추국정을 단 일 수에 죽여 버린 이현은 그 뒤에도 파죽지세로 오왕부를 밀어붙였다.

사파의 무인들이라는 머릿수 덕분에 집중 견제에서 어느 정도 자유로워진 이현은 그야말로 제 세상을 만난 듯 날뛰었다.

삽시간에 정문을 막던 창병과 방패병들을 쓸어버리는 것으로 모자라, 화포병까지 재장전할 틈도 주지 않고 무력화시켰다.

그리고는 그대로 대문을 박살 내며 오왕부 내로 진입해 길을 뚫었다.

검 한번 휘두르면 전각 하나가 무너진다. 발을 한 번 구르나 싶으면, 눈 깜짝할 사이에 저 멀리서 모습을 드러내 궁병들을 제거했다.

이현은 왜 작금 무림에서 천하제일을 말할 때 무당신마를 가장 먼저 입에 올리는지 온 몸으로 증명하고 있었다.

"와아아아! 오왕부를 뒤집자!"

"사도련주를 따라라!"

"사도련주를 보필하라!"

사파 무인들의 반응도 대번에 바뀌었다.

처음에는 이판사판으로 오왕부를 향해 싸워야 했던 그들의 사기가 이현이 선봉에 서서 보이는 무위에 한껏 고무되었다.

어차피 오왕부와 싸운 마당이다.

이왕 싸웠으면 이기고 끝나야 한다. 그래야 최소한의 살길이라도 만들 수 있다. 아니, 당장 이현이 오왕부에 패하기라도 하면, 거기에 가담한 이들이라고 무사할 리 없었다.

물론, 그것이 반 강제적으로 어쩔 수 없이 이루어진 일이라해도 말이다.

그러니 무조건 이겨야 한다. 어떤 수를 써서라도 사도련이. 아니, 이현이 오왕부를 쓸어버리게 만들어야 한다.

확실한 동기부여에, 부족한 사기까지 채워졌다.

그러다 보니 사파의 무인들도 점점 더 적극적으로 움직이기 시작했다.

현재 그들이 가진 가장 강력한 무기인 이현이 보다 마음껏 날뛸 수 있도록 이현을 향한 집중 공격을 알아서 분산해 주고, 때로는 앞장서서 이현이 날뛸 수 있도록 길을 열었다.

그렇게 이현과 사파 무인들의 움직임이 서로 상승효과를 만들어 내면서, 오왕부를 점령하는 데 속도가 점점 더 가속화되고 있었다.

"오왕! 오왕을 찾아라!"

"저기다! 저기 오왕이 있다!"

그리고 마침내 이현과 사도련에 속한 무인들은 어느덧 오왕의 턱밑까지 들이닥쳤다.

*   *   *

"그 지독한 계집이 모든 일을 망쳐 놓았구나!"

전쟁터가 되어 버린 오왕부.

오왕은 참담한 심정을 감추지 못했다.

이현과 사도련주를 배신하고 황태자와 손을 잡았다. 반대로 이현과 사도련주를 제거하려 했다.

그러나 이현과 사도련주 중 누구도 제거하지 못했다.

사도련주라도 어떻게든 제거했다면 일이 이렇게까진 되지

않았을 것이다. 오왕부 정문에 사도련주의 목이 걸리는 순간, 사도련은 혼란에 빠져 수습하기 힘들었을 테니까.

하지만 결정적인 순간 나타난 수적왕 초희가 개입하면서 그마저도 틀어져 버렸다.

그나마 다 잡은 물고기였던 사도련주는 도망쳐 버렸고, 초희는 죽는 순간까지 왕부의 병력들을 깎아내리고 끝내 스스로 자결해 버렸다.

덕분에 당했다.

이현도, 사도련주도 죽이지 못한 이후, 급히 오왕부의 전 병력을 집결시키려 했지만, 그보다 이현과 사도련이 빨랐다.

지금 이 순간은 오왕이 실제 거느린 병력의 숫자가 오만이든 십만이든 중요하지 않다.

왜구를 비롯한 외부 세력들로부터 요충지를 지키기 위해 분산 배치되어 있었으니까.

그나마 있던 병력조차도 일전에 이현과 사도련주에게 당해 상당 부분 손실을 입었다.

그 결과가 이것이다.

외부에 주둔한 병력들이 집결하기 전에 이현과 사도련이 들이닥쳤고, 이미 상당 부분 손실을 입은 병력들로만 막으려니 마음처럼 될 리가 없었다.

하물며, 믿었던 추국정까지 전투 초반에 어이 없이 이현의 손에 죽어 버린 탓에 상황은 걷잡을 수 없게 흘러가고 있었다.

"폐하는? 아니, 황태자는 어찌 되었느냐! 병력 지원은? 아니다! 그보다 황궁 고수들의 지원은? 동창은! 금의위는 대체 언제 도착하는 게냐!"

이제 오왕이 기댈 곳은 황태자 밖에 없었다.

황실의 대군이 지원 오길 기대하진 않는다. 황실에서 지원한 대군이 오왕부에 도착하기까지는 상당한 시간이 걸릴 것이 분명했으니까.

하지만, 동창이나, 금의위. 그리고 황실이 비밀리에 보유한 고수들이라면 이야기가 달라진다.

아니, 어쩌면 무인들을 상대하는 일이니 만큼 더욱 효과적일 수도 있다.

하다못해 이 위험한 곳에서 몸을 뺄 수는 있을 것이다.

"전혀 연락이 되질 않습니다. 전하!"

하지만 돌아오는 관리의 말은 오왕의 기대를 산산이 무너트렸다.

연락조차 되지 않는다.

그것이 의미하는 바가 무엇인지는 오왕도 너무나 잘 알고 있었다.

"황태자 놈이 나를 버렸구나!"

토사구팽이다. 아니, 사냥조차 성공하지 못했으니, 토사구
팽보다도 못한 처지다.

오왕은 자신의 처지에 낙담했다.

그리고 마침내.

스확!

마지막 방어선이 무너졌다.

천지간이 번뜩이는가 싶더니 내벽이 갈라지고, 이내 불어오
는 은빛 소용돌이에 산산이 부서져 내렸다.

우르르릉!

희뿌연 흙먼지가 시야를 가렸다.

저벅. 저벅. 저벅.

그 희뿌연 먼지 속에서 누군가 걸어 들어왔다.

얼핏 커다란 칼을 어깨 위에 걸치고 나머지 한 손에는 가는
칼을 늘어트리고 있는 모습인 듯 했다.

이윽고 먼지바람이 가시고 드러나는 얼굴.

"무당신마……!"

무당신마다. 일전에 얼굴을 보아서 확실히 기억하고 있다.

그때도 지금과 같았다.

껄렁껄렁한 자세. 그리고 자신감이 지나쳐 오만하기까지 한
표정.

무당신마 이현은 첫 만남 때와 너무나 똑같은 모습으로 걸

어 들어오고 있었다.

그런 그의 뒤로 사도련의 무인들이 빼곡하게 따라 붙고 있
었다.

이현이 웃었다.

"빚 갚으러 왔다."

오왕의 배신으로 생긴 원한 빚이다.

"배부를 거다. 내가 당한 건 확실하게 갚자는 주의거든?"

수적왕이 죽었고, 사도련주가 큰 피해를 입었다. 순간 오왕
은 그 빚이 대체 얼마나 되는지 감이 잡히지 않았다.

＊　　　＊　　　＊

여유로운 이현의 등장에, 병사들이 뒤늦게 정신을 차렸다.

"마, 막아라!"

"전하를 지켜라!"

부서진 내벽과 함께 잠시 정신을 놓았던 것을 설욕하기라
도 할 것처럼 저마다 기세를 높이며 이현의 앞을 가로막았다.

"되었다! 무기를 버리고 길을 열어라."

그러나 오왕이 고개를 저었다.

"저, 전하!"

예기치 못한 오왕의 명령에 신료들은 물론, 병사들까지 당

황했다.

그러나 정작 오왕은 태연했다.

아니, 태연을 가장하고 있었다고 말하는 편이 옳았다. 사실 누구보다 긴장하고 있었다. 이미 패색이 깊었음을 누구보다 잘 알고 있었으니까.

그래도 일국을 경영하는 왕이다. 위기의 순간은 수 없이 겪어 보았다. 위기의 순간 감정을 드러내는 것 만큼 어리석은 짓도 없음을 잘 알고 있었다.

"대단하군. 이토록 빨리 움직일 것이라고는 예상치도 못했구나! 그간 내가 알던 사도련과는 너무나도 달라!"

오왕은 짐짓 감탄했다는 듯 말했다.

사도련이 이처럼 빠르게 움직일 것이라고는 예상하지 못했기에 지금의 사달이 벌어졌음은 사실이었으니까.

"이 와중에 허세냐?"

물론, 그런 오왕의 모습이 이현의 눈에 좋게 보일 리 없었다.

"다르겠지. 이제 내가 사도련주니까."

"허! 일이 그리되었군. 그래도 수완이 대단하구나. 칭찬하지."

"……."

오왕의 칭찬에 이현은 입을 꾹 다물었다. 대신 오왕을 지그

시 노려봤다.

"흠……!"

그 시선에 눌린 신음이 오왕의 입술을 비집고 흘러나왔다.

'무슨 기운이……!'

이현의 몸에서 자연스럽게 일어난 기운은 오왕을 옥죄었다.

오왕은 무림인이 아니다. 하지만 무공을 모르는 것은 아니다. 건강상의 이유로, 최후의 순간을 대비한 호신의 이유로 약간의 무공은 익혀 두었다.

그렇기에 이현의 기세에 짓눌릴 수밖에 없었다.

위축된 오왕의 모습에 이현은 그제야 기운을 거두어들였다.

"개소리 집어치우고. 하고 싶은 말이 뭐야?"

대신 물었다.

저속하기 짝이 없는 말투였으나, 오왕은 지금 자신이 무례를 탓할 수 없음을 알고 있었다.

그래서 대신 웃었다.

"합격이다. 그댄 과인을 황제로 만들어 주기에 부족함이 없어! 황제가 되어 주마!"

"하자고 할 때는 뒤통수치더니?"

"과인도 맞았거든. 황태자 놈에게서. 자고로 적의 적은 친구라 하지 않던가. 비록 이곳에는 없으나 과인의 군대는 아직

건재하네. 도움이 되고도 남음이지. 하물며, 자네는 황제를 대신할 사람이 필요하지 않은가."

"그래서 이제 와 황제가 되어 주시겠다?"

"허허! 그리하지!"

"……."

뻔뻔하리만큼 낯 두꺼운 오왕의 말에 이현은 다시 입을 다물었다.

그 모습에 오왕은 미소를 지었다.

'황태자에게 나는 버려도 좋을 패일지 모르나, 저자에게는 아직 내가 필요하다!'

이현의 침묵에서 희망을 엿보았다.

아니, 애초에 이제 오왕에게 남은 것은 이것 밖에 없다.

"천자는 하늘에서 내리는 사람이야. 설마 근본도 모르는 시정잡배를 황제로 앉힐 셈인가? 설혹, 그런 자를 황제로 앉힌다 한들 그를 누가 황제로 받들어 주기나 할 성싶은가?"

"그래서? 너는 할 수 있다? 핏줄 때문에?"

"날 때부터 황제가 될 수 있는 사람은 따로 있어. 불공평하지만 어쩌겠는가. 그것이 세상의 이치인 것을. 누구는 황제의 재목으로 태어나고, 누구는 백정의 씨로 태어나 사는 세상 아닌가!"

"하긴, 불공평하긴 하지. 가진 건 핏줄 밖에 없는 너 같은 놈도 있고, 나처럼 뭘 해도 잘난 놈이 있고. 세상이 다 그런 거지."

이현은 고개를 주억거렸다.

'되었구나!'

그 모습에 오왕은 속으로 쾌재를 질렀다.

비록 빈정거리는 말투였지만, 분명 대화는 긍정적으로 흘러가고 있었다.

그러나.

"있어."

이어지는 이현의 대꾸에 오왕의 입가에 고인 미소는 거짓말처럼 사라졌다.

"무엇이?"

"잊었어? 처음 네놈 만날 때. 같이 온 놈! 너처럼 가진 건 잘난 핏줄밖에 없는 놈 말야."

"고작 아무런 힘도 권력도 없는 그놈을 황제로 만들겠다는 것이냐?"

"힘과 권력은 내가 주면 돼."

단호한 이현의 대답에 오왕은 발등에 불이 떨어졌다.

이현을 설득해야 한다.

그가 살 길은 오로지 그것뿐이다.

"굳이 그럴 필요가……!"

"개똥같은 소리 집어치워. 아가리 찢어 버리기 전에!"

하지만 이현은 그의 말을 가로막았다.

살기등등한 이현의 시선에 오왕은 등줄기를 타고 내리는 식은땀을 느껴야만 했다.

이현이 선언했다.

"장난은 이쯤으로 하지. 옥분아."

"예! 련주님."

"정리해."

"예!"

이현의 명령에 그의 뒤를 지키고 있던 옥분이 고개를 숙이며 읍했다.

그리고.

"정리하십시오!"

이현을 대신해 옥분이 명령을 내렸다.

그 명령에 뒤에 시립했던 사도련의 무인들이 일제히 오왕의 병사들을 향해 들이닥쳤다.

잠시 멈추었던 전투가 다시 재개되었다. 그러나 이미 승부의 추가 기운 마당이다. 병사들은 변변한 반격 한번 제대로 해 볼 틈도 없었다.

사방에 비명이 난무한다.

그것만이 전부가 아니었다.

"그럼 이제 빚 갚을 차렌가? 정만아!"

"예! 챙겨 뒀습니다!"

이현의 부름에 이번엔 정만이 대답했다. 어느 틈에 준비했는지 등에는 단단히 봉한 관을 짊어진 채다.

저벅. 저벅. 저벅.

이현이 오왕을 향해 걸어왔다.

"가, 가까이 오지 마라! 무, 무엄하구나!"

당황한 오왕이 고성을 질렀지만, 이현은 깔끔히 무시했다.

그리고 반항하는 오왕을 질질 끌고 빈 방 안으로 들어갔다. 관을 짊어진 정만이 뒤따랐다.

텅!

문이 닫혔다.

"이것 놓지 못하겠느냐! 무엄하구나! 과인을 이처럼 능멸하고도 무사할 수 있을 것 같으냐. 과인에게는 아직 과인을 따르는……!"

"거참 더럽게 시끄럽네."

오왕이 발버둥쳤지만, 이현은 이를 무시했다.

대신.

텅!

정만이 짊어졌던 관을 내려놓았다.

"받아."

그리고 이현이 오왕의 손에 비도 하나를 쥐여 주었다.

"무, 무엇을 하려는 게냐?"

공포에 질린 오왕의 물음에, 이현은 웃었다.

"내가 무당파에 있을 때 혜광이라는 미친 노인네가 있었어. 언제 한번 산적 토벌하는 데 그 노인네가 아주 재미있는 생각을 가르쳐 주더라고."

드드드득!

이현이 말하는 동안 정만이 말없이 관을 열었다.

"허업!"

오왕이 기함성을 삼켰다.

관 안에 있는 것은 사람이었다. 헝겊으로 입을 틀어막고 있었지만, 사람이다. 죽지 않았다. 살아 있는 진짜 사람이다.

이현이 소개했다.

"인사해. 오왕 전하. 전직 무림맹주라는 놈이야."

관 안에 갇혀 있던 인물은 천호건이었다. 계속된 이현의 괴롭힘에 시달려 온 천호건의 두 눈은 살기와 광기로 번들거리고 있었다.

어디로 보나 제정신인 사람의 모습은 아니다.

"그, 그런데? 저놈이 누구인지 내가 왜 알아야 된단 말이냐!"

척추를 타고 올라오는 불안감에 오왕이 발작하듯 크게 소리 질렀다.

그 질문에.

이현이 고개를 끄덕였다.

"알아야지! 그래도 제 살 벗기는 놈이 누군지, 지금 내가 살 벗기고 있는 놈이 누군지는 알아야 예의니까."

그리고 오왕의 손에 쥐어 준 비도를 가리켰다.

"자! 그것 갖고 서로 벗긴다. 제대로 하는 게 좋을 거야. 대충하면 소금물을 뿌릴 계획이거든. 자! 무림맹주도 칼 들어야지?"

이현이 무림맹주의 손에도 오왕의 것과 같은 비도를 쥐어 주었다.

"자! 시작! 먼저 끝내는 놈은 살려 준다. 아! 정정. 맹주 너는 죽여 주지. 완전히!"

저벅.

이현의 말이 끝나기 무섭게 관에 갇혀 있던 무림맹주의 안광이 번쩍거렸다. 완전한 죽음이라는 이현의 말이 천호건의 정신을 일깨운 것이다.

무림맹주가 천천히 걸어 나왔다.

오왕의 시선이 맹주의 손에 쥐인 날카로운 비도와, 광기로 번들거리는 맹주의 눈을 바쁘게 오갔다.

'진짜다! 진짜 할 생각이다!'

오왕은 자신도 모르게 비도를 쥔 손에 힘을 주었다.

다음 날 저녁.
살 거죽이 벗겨진 오왕의 시신이 오왕부 정문에 걸렸다.

*   *   *

　본의가 아니었다. 그저 상황이 어쩔 수 없이 그렇게 흘러갔을 뿐이다. 격랑처럼 밀려드는 사건의 파도에 그냥 떠밀렸을 뿐이다.

　오왕부를 함락하는 데 동원된 사파들의 입장에서는 충분히 그렇게 주장할 수 있는 일이었다.

　실제로 그랬으니까.

　그러나, 그렇게 이야기한들 달라질 건 없다.

　오왕부를 쳤다. 오왕부는 무너졌고, 오왕은 죽었다. 그의 식솔은 물론, 오왕부에 주둔하던 대부분의 병사들까지 죽은 마당이다.

　그런 상황에서 아무리 본의가 아니었다고 소리친다 한들, 믿어 줄 리 없었다. 아니, 설혹 믿어 준다 쳐도 오왕을 죽이는 데 가담한 역적이라는 사실만큼은 변하지 않는다.

　"에휴……!"

"허어……!"

오왕이 죽고, 그의 왕부에서 벌어진 연회 자리에서 초상집처럼 장탄식만 이어지는 것도 그 때문이다.

"아니, 죽이려면 곱게 죽이지. 껍데기는 뭣하러 벗겨서는……!"

배도방주 도건요는 입 속에 술을 털어 넣으며 투덜거렸다.

흘깃 시선을 돌린 정문 위에는 긴 장대가 꽂혀 있었다.

그리고 그 장대 위에 오왕이 있다.

피부가 홀딱 벗겨진 채로. 손질한 돼지 마냥 꼬챙이 꿰여서.

완벽한 확인 사살이다.

천하가 다 보라고 선전하는 꼴이고, 전장에서 적장 목을 취하고 벌이는 승전보이며, 다음 상대를 향한 명백한 도발이다.

이건 빼도 박도 못한다.

사도련. 아니, 사파 전체는 이제 황실의 확실한 적으로 자리매김한 것이나 다름없었다.

"어쩌겠소이까. 그래도 아까는 배도방주께서 가장 신이 나서……."

수구방주가 허탈하게 웃으면서도 은근히 돌려 속을 긁어 댔다.

사실이기도 했다.

이러지도 저러지도 못하는 상황에서 죽기 살기로 오왕부의 군사들과 싸웠다. 그러나 이현이 그 선봉에 서서 무위를 발하는 순간만큼은 아니었다.

이현이 내뿜는 강렬한 힘에 순간 정신 줄을 놓고 말았다. 미친놈처럼, 어딘가 취한 사람처럼 내달렸다. 얼마든지 몸을 내뺄 수 있는 상황이 되었을 때도 끝까지 오왕부의 병사들과 싸웠다.

지금 생각해 보면 왜 그랬는지 스스로도 이해가 되질 않았다.

그저 어렴풋이 사면초가의 상황에서 찾아온 희망에 도취되었던 것이 아닌가 추정할 뿐이다.

어찌 되었든 오랜만에 신나게 싸웠다.

배도방의 주인이 된 후 오늘만큼 신나게 싸운 일이 있었던가 싶을 정도로.

물론, 지금은 뼈저리게 후회하고 있었지만 말이다.

"그러는 수구방주께서는 안 그러셨던 것처럼 말씀하십니다? 수구방주께서도 신나서 앞장서지 않으셨습니까. 죽인 숫자로 치면 저보다는 수구방주께서 훨씬 많으실 듯합니다만?"

"흠흠……! 그게 다들 열심히 싸우기에……."

도건요만이 아니다.

전부 열심히 싸웠다. 굳이 앞장서지 않아도 되는데도 자청해서 앞장섰고, 충분히 한발 뺄 수 있는 상황이 있었는데도 빼지 않았다.

그들도 분위기에 도취되었었다.

도건요의 지적에 수구방주도 얼굴을 붉히며 헛기침을 했다.

그리고 급히 화제를 돌린다.

"그나저나 신임 사도련주는 무슨 생각으로 이러는지 모르 겠소이다."

자고로 불리할 때는 다른 주제로 관심을 돌려야 하는 법이 다.

사파에서 잔뼈 굵은 수구방주가 이를 모를 리 없고, 도건요 도 이를 눈치채지 못할 리 없었다.

"그러게 말입니다. 우리가 역도요 하고 선포하는 것도 아니 고……."

그럼에도 도건요가 모른 척 넘어간 것은, 어차피 같은 입장 이기 때문이었다.

함께 신나서 싸운 마당이니, 더 이야기해 봐야 도토리 키 재 기일 뿐이다.

그리고 솔직히 걱정이 되는 것도 사실이었고.

"이러면 황실에서 가만히 있지 않을 것인데……."

낮게 중얼거리는 도건요의 혼잣말처럼.

황실에서 결코 가만히 있지만은 않을 것이다. 특히나 오왕 을 껍데기 벗겨 매달아 놓은 지금이라면 더더욱.

어떻게는 상황을 수습해야 할 사도련주가 앞장서서 일을 크게 만들고 있으니 걱정이 될 수밖에 없었다.

그때였다.

"모두 오늘 잘 싸웠다!"

잠시 자리를 비웠던 신임 사도련주. 이현이 모습을 드러냈다.

상석에 자리 잡고 선 이현은 모두를 내려다보며 운을 뗐다. 흡족한 웃음을 얼굴 가득 머금은 이현의 시선이 좌중을 훑는다.

그 강렬한 시선에 도건요는 저도 모르게 어깨를 움츠리며 고개를 숙였다.

"자! 이 기세를 몰아 앞으로도 잘 해 보자!"

그러나 이내 숙였던 고개를 다시 치켜들 수밖에 없었다.

'앞으로도?'

도건요의 얼굴에 의문이 떠올랐다.

앞으로도.

그 단어가 유독 불길하게 들리는 것은 단지 착각이기만을 바랄 뿐이었다.

도건요만의 느낌이 아니었나 보다.

"앞으로도 라니? 그건 대체 무슨 뜻입니까! 설마……!"

누군가 이현에게 물었다.

'묻지 마! 묻지 말라고 이 등신 같은 놈아!'

도건요는 몸서리쳤다.

확률은 반반이다. 그런데 불길하다. 만약 그 불길함이 빗나가지 않는다면 그건 그것대로 문제다. 대체 어떤 일이 남아 있단 말인가.

절대로 확인하고 싶지 않다. 아니, 이왕이면 영원히 몰랐으면 좋겠다.

그러나 그 바람은 이어지는 이현의 대답에 산산이 부서졌다.

"우리는 황제를 칠 것이다. 아니, 황태자를 친다!"

성공하면 혁명. 실패하면 역모.

이현은 패망한 오왕부의 중심에서 이를 선언하고 있었다.

＊　　　＊　　　＊

전임 사도련주도 황태자를 칠 것이라는 계획은 이야기하지 않았다.

비밀리에 진행했다.

어느 정도 기세가 오르고, 준비가 끝나면 그때 이야기해도 늦지 않다는 것이 전임 사도련주의 판단이었으니까.

그리고 실제로 그것이 옳았다.

미리 알아 봐야 좋을 것 없었으니까. 배신을 밥 먹듯 하는 사파인들이 미리 역모 계획을 알고 나면 할 일은 뻔했다.

배신이다.

황실에 밀고해 제 살길을 찾고, 개인의 이익을 도모하려 했을 것이 분명했다.

그럼에도 이현은 밝혔다.

이유는 간단했다.

"이제 제 놈들이 살려면 내가 하자는 대로 해야지 어쩔 거야?"

오왕을 함께 죽였다.

황실, 아니면 사파 무림. 어느 한쪽이 무너져야만 끝나는 전쟁이 시작된 마당이다. 당연히 사파인들의 전문 분야라 할 수 있는 배신은 꿈도 못 꾼다. 서투르게 배신했다가는 오히려 황실이 목을 칠 것이다.

무엇보다 이현이 노리는 것은 따로 있었다.

"사람이 사지로 몰리면 알아서 단합하게 되어 있어!"

이현이 신임 사도련주의 자리에 올랐다고는 하지만, 아직 이렇다 할 신임을 받지 못하는 상황이다. 당연히 사도련의 결속도 부실한 상태다.

황실과의 전쟁에 앞서 이는 큰 약점으로 작용할 수밖에 없다.

그 문제를 해결하기 위함이었다.

괜히 군부에서 오합지졸들 데리고 배수의 진이라며 등 뒤에 강으로 퇴로를 막은 채 적을 맞이하는 것이 아니다.

살려면 어떻게든 결속하고 단합할 수밖에 없기 때문이다.

이현은 이번 오왕을 죽이는 것으로 사도련의 퇴로에 강을 놓았다.

이제 단합할 수밖에 없는 상황이 되었다.

"그래도 이것으로 되겠습니까?"

그럼에도 호설귀는 여전히 걱정을 떨치지 못했다.

그 역시 오랜 세월 사도련을 이끌면서 사파의 생리가 어떠한 지는 너무나 잘 알고 있었다.

배신할 수 없는 환경, 단합할 수밖에 없는 환경에서도 어떻게든 배신할 구멍을 찾는 이들이 사파라는 족속들이다.

자의든 타의든 나라를 지키기 위해 목숨을 내놓는 군대의 인사들과는 그 성질 자체가 달랐다.

거기에 대한 대답은 옥분에게서 나왔다.

"그렇지 않아도 그건 곧 손을 쓸 생각이었습니다. 걱정 마십시오."

다짜고짜 사도련주의 자리에 오른 것부터 시작해 이현의 모든 행동을 납득할 수 없었지만, 옥분도 이번만큼은 확실히 장담할 수 있었다.

"손을 쓰다니? 어떤 식으로 말입니까?"

하지만 호설귀의 입장에서는 마냥 믿을 수만은 없는 노릇이다.

그의 물음에 옥분은 씨익 웃었다.

"그냥 전갈(傳喝) 하나씩 보내기만 하면 됩니다."

옥분은 자신했다.

*　　　*　　　*

"방주님! 사도련에서 전갈이 왔는데요?"

한창 한때의 실수를 곱씹으며 좌절에 빠져 있던 도건요는 수하의 말에 눈을 희번덕였다.

"전갈? 사도련에서 무슨 전갈?"

그가 실수를 저지르게 한 원흉이 사도련이다. 그러니 사도련에서 온 전갈이 반가울 리 없다.

"이리 내놓거라!"

신경질적으로 수하에게서 전갈을 건네받았다.

언뜻 광기까지 엿보이는 살벌한 기세에 수하는 어깨를 움츠리며 급히 전갈을 건넸다. 그러고는 혹여나 불똥이 튈세라 후다닥 밖으로 나가 버렸다.

"젠장할! 또 무슨 짓을 저지르려고!"

가뜩이나 반역 동참자가 된 것도 모자라, 더 큰 반역의 일원이 될 판이다. 전갈이란 이야기에 처음에는 짜증부터 났지만, 이제는 겁이 난다.

신임 사도련주는 무슨 미친 짓을 할지 모르는 인간이다.

최악!

정말 싫지만 일단은 보내온 서찰을 펼쳤다.

"……."

서찰을 읽어 내려가던 도건요의 얼굴에 한껏 머물렀던 긴장의 빛이 서서히 물러난 것은 서찰을 다 읽었을 무렵이었다.

"별 시답잖은……!"

그리고 이내 다시 신경질이 차올랐다.

잔뜩 겁먹고 펼친 서찰이었지만, 의외로 그 안에 적힌 내용은 별것 없다.

그저 이번에 황실을 치는 데 있어, 성공하면 돌아올 보상 따위나 적혀 있을 뿐이다.

확실히 매력적인 보상이긴 했다.

현재 황실이 꽉 틀어쥐고 있는 소금 판매권을 일에 동참한 이들에게 나누어 주겠다는 것이었으니까.

자고로 소금은 돈이 된다. 인간이 살아감에 있어서 소금은 꼭 먹어야 하는 필수품이다. 그 판매권을 쥐고만 있어도 문파가 성장하는 건 당연한 일이다.

그 밖에도 전공에 따라 원하는 자는 얼마든지 관부의 무장으로 채용시켜 주겠다는 약속도 있었지만, 어찌 되었든 가장 매력적인 보상은 소금 판매권이다.

다만 걸리는 것이 있다면.

"하나만 배신해도 이번 거사는 실패로 돌아갈 것이다라……!"

반역이다. 어쩔 수 없이 동참해야 하는 상황이지만, 자의든 자의가 아니든 반역이란 사실은 변하지 않는다.

그러니 당연히 희망찬 미래만 이야기해 줘도 부족함이 없다.

그런데 서찰 말미에 괜히 부정적인 걱정을 적어 놓아, 사람 찝찝하게 만든다.

"흠……!"

도건요의 입에서 신음이 나왔다. 그리고 고개를 끄덕였다.

"그래! 분명 미친놈이 있을 거야!"

분명 있다. 홀아비 마음은 과부가 안다고, 사파인 마음은 사파인이 아는 법이다.

어떻게든 배신을 하고, 밀고를 하려는 이들이 있을 것이다.

이미 황실에 붙을 수 있는 상황이 아님에도!

만에 하나 황실에 붙을 수만 있다면, 목숨을 부지하는 건 물론, 큰 보상이 뒤따를 테니까.

더욱이 같은 경쟁자라 할 수 있는 다른 사파의 문파들은 모두 황실에 쓸려 나간 뒤일 테니 무주공산이나 다름없는 무림에서 천하제일방파로 거듭나는 것도 땅 짚고 헤엄치기만큼 쉬운 일이었다.

그러니 분명 저 혼자 잘 먹고 잘 살겠다고 배신하려는 놈이 있을 것이다.

그리고 그 배신한 놈이 나오면 나머지는 다 죽는 거다.

"그럴 수야 없지!"

도건요의 두 눈이 번뜩였다.

뒤통수를 쳤으면 쳤지, 맞는 건 딱 질색이다. 하물며, 그로 인해 개죽음을 당하게 된다면 더더욱!

"배신을 해도 내가 한다! 다른 놈들은 절대 안 돼!"

도건요의 내면에 잠재되어 있는 사파인 특유의 무한이기주의가 깨어나 움직이기 시작했다.

"여봐라! 황실에 끈을 대야겠다! 최대한 알아보도록!"

도건요는 서둘러 문밖을 향해 소리쳤다.

문밖에 대기하고 있던 수하들이라면 분명 들었을 것이다.

더불어 생각했다.

배신을 하려면 본인이 해야 한다. 그리고 이왕이면 누구보다 먼저. 더더욱 좋은 건 혼자 배신하는 거다.

먼저 배신한 놈이 있으면 약발은 떨어지기 마련이다. 배신한 놈이 많아도 마찬가지다. 희소성이 떨어진다.

고로 다른 놈은 절대 사도련을 배신하지 못하게 만들어야
한다.

"그리고! 다른 문파는 어떻게 움직이고 있는지 동태를 살
펴라! 필요하다면 방 내 모든 인원을 동원해도 좋다! 아, 아니
다! 그래! 수구방주! 그리고 요도문주! 그 두 놈이 제일 수상
하다! 둘은 필시 신임 사도련주에게 불만을 갖고 있을 테! 그
두 놈을 집중적으로 감시하도록 해라!"

배도방이 움직였다.

황실에 접촉할 길을 찾는 한편, 혹여나 경쟁 문파가 먼저
사도련을 배신하지는 않는지 감시의 눈길을 날카롭게 번뜩였
다.

그리고 그건 배도방만이 아니었다.

서찰은 사도련에 속한 모든 문파에게 전해졌다.

그중에는 배도방주와 사돈인 수구방주도 포함되어 있었다.

"배도방주와 요도문주가 가장 수상하구나! 그 두 방파를
가장 유의 깊게 감시해야 할 것이야!"

사도련에서 보낸 서찰을 보두 읽어 내린 수구방주는 명령
했다.

그리고 요도문주는.

"수구방과 배도방의 두 여우가 분명 뭔가 수작을 부릴 것이 분명하다! 절대 가만히 내버려 둬서는 안 된다! 알겠느냐?"

수구방주와 같은 명령을 내렸다.

다른 이들이라고 다를 바 없다. 사파에 속한 모든 문파가 의심 가는, 혹은 경쟁 관계에 있는 방파의 감시를 시작했다.

그리고 서로서로의 일거수일투족을 사도련에 그대로 보고하기 시작했다.

절대로 본인보다 먼저 배신하는 놈이 나와서는 안 된다. 그것이 그들의 기본적인 생각이었다.

第十章

각 지방에서 올라온 전갈이 빗발친다.

어느 지방 어떤 문파의 누가 어느 문파의 누굴 만나고, 누구와 어떤 차를 마셨는지는 물론, 그날 입은 속옷이 무슨 색이었는지까지.

영양가 없다 못해 시시콜콜한 모든 정보들이 그 안에 다 담겨 있었다.

그리고 이제 사도련은 이를 바탕으로 움직이면 된다.

"일단 오늘 정리한 건 간저패에 보내도록 하겠습니다. 배신하려고 노력하는 문파가 서른네 곳. 그러나 아직 본격적인 행동에 돌입하진 않은 것으로 보입니다. 아무래도 주변 문파의 감시가 심하다 보니 눈치를 살피는 모양이군요."

쏟아지는 정보 속에서 중요한 것을 골라 간저패에 보낸다.

그러면 간저패가 보다 자세하게 조사에 들어간다.

사도련은 그냥 앉아서 적절한 대응만 하면 된다. 아니, 아직은 그 대응할 만한 일조차 일어나지 않고 있었다.

서로가 서로를 감시하다 보니 배신을 꾀할 여력조차 없는 것이다.

옥분의 이야기에 호설귀는 눈을 크게 뜨고 감탄했다.

"정말 대단합니다!"

사도련의 총군사로 있으면서 항상 가장 걱정했던 것이 바로 배신이었다.

그래서 사도련은 전임 사도련주인 무린의 공포정치와 더불어, 수많은 정보전을 펼쳐야 했다. 거기에 들어간 예산 또한 천문학적일 수밖에 없었다.

그런데 옥분은 고작 서찰 하나로 모두 해결해 버렸다.

그러나 정작.

호설귀의 존경에 가까운 경탄의 눈빛을 한 몸에 받고 있는 옥분의 입가에 걸린 것은 씁쓸한 웃음이었다.

"글쎄요. 경험자의 지혜라고 해야겠지요."

사도련에 속한 모든 문파가 예상했던 대로 행동하고 있었다.

그럼에도 기분 좋게 웃지 못하는 것은 그 행동들이 이미 옥분도 경험했었던 일들이기 때문이다.

아니, 경험했다기 보단 선행했다는 표현이 맞을지도 모른다.

정만을 비롯한 산적들이 그랬고, 흡수한 하오문과 흑점에 속했던 흑도 무리들이 그랬으며, 신강의 마적들이 그랬었다. 나아가 장강수로채와 지금 바다에서 열심히 소금 굽고 있는 해적들도 그랬었다.

내가 행복하지 못하면 남도 행복해서는 안 된다는 지독한 이기주의와 심술보.

그것에서 비롯된 만인을 향한 만인의 집단 감시 체제.

모두 해 보고 겪었던 일들이다.

그리고 이 만인의 만인을 향한 감시 체제의 결과는 한결같았다.

"이렇게 된 이상 누구도 배신하지 못할 겁니다."

한번 시작된 감시는 점점 더 몇 겹으로 강해질 것이다.

그 와중에 배신을 꿈꾸는 것은 불가능에 가깝다. 오히려 서로 배신하진 않는지 감시하느라 정신이 없을 것이다.

그리고 그러다가 어느새 완전히 적응될 것이다.

"허! 아마 이번이 사도련 결성 이후 가장 강하게 결속된 때인 것 같습니다!"

호설귀가 헛웃음을 흘렸다.

* * *

탁. 탁. 탁……!

탁자를 두드리는 황태자의 손길은 일정했다.

눈은 웃지 않은 채 입 끝만 살짝 말려 올라간 황태자의 시선이 한 곳으로 움직였다.

"꼴이 엉망이구나."

회의였다.

온통 깊고 얕은 상처로 가득한 회의의 모습은 지금처럼 서 있는 것조차 기적처럼 보였다.

"오왕도 죽었다고?"

"……예."

오왕부가 무너지고, 오왕이 죽었다는 소식은 황태자에게도 전해졌다.

"어차피 죽일 작정이었다. 그러나 지금은 아니었어. 사냥이 끝나기도 전에 사냥개를 잃었다."

한때나마 이현과 함께 손을 잡고 황제의 자리를 꿈꾸었던 오왕이다. 오왕은 부정할지 몰라도, 이현의 제의를 듣고도 바로 고해바치지 않고, 고민을 했다는 것만으로 그가 잠시 황제를 꿈꾸었음은 충분히 알 수 있다.

그러니 언제고 죽였을 것이다.

다만, 그 언제가 지금은 아니라는 것이다.

적어도 이현을 죽이고 난 뒤에 정리할 작정이었다.

그런데 정작 죽이고자 했던 이현은 멀쩡히 살아 있고, 오왕은 죽어 버렸다.

일이 골치 아프게 되었다.

황도는 강북에 있다. 아무래도 넓은 중원 전역에 그 영향력이 닿는다는 건 힘든 일이다. 그것은 강남이라고 예외가 아니다.

지금껏 이런 문제는 오왕부를 통해서 어느 정도 해결해 왔었다.

그런데 오왕부가 무너졌고, 사도련은 본격적으로 반기를 들었다.

이는 사실상 강남 일부 지역에 대한 황실의 장악력이 상실되었음을 의미했다.

그러니 이현은 한동안 마음대로 날뛸 것이다.

대군을 꾸려 그를 막지 않는 이상은.

"그렇게 강하던가? 신마가?"

황태자가 물었다.

사실상 이번 작전 실패의 가장 큰 원인은 이현의 힘이었다.

예상과 다르게 사도련주가 이현을 배신하지 않았다는 건 그다음의 문제다. 회의까지 동원되었었다. 그렇다면 사도련주가 이현을 배신하지 않았다고 하더라도 죽였어야 했다.

그런데 정작 이현을 죽이라고 보내 놓은 회의는 넝마가 되어 돌아왔으니 황태자의 입장에서는 어처구니가 없을 수밖에 없었다.

"예."

황태자의 물음에 회의가 답했다.

한 치의 망설임도 없는 대답에 황태자의 입꼬리는 더욱더 높이 말려 올라갔다.

"짐과 네가 합공한다면?"

황태자가 물었다.

그 물음에.

"……."

회의는 침묵으로 대답을 대신했다.

황태자는 그 의미를 알고 있었다.

"또 답을 하지 않는군. 광도 혜광. 흑사신마에 대해서 물었을 때도 그렇게 대답했지. 무당신마가 많이 컸나 보군?"

일전에 무당산에서 혜광을 상대하기 전에 물었었다.

혜광과 싸우면 어떻게 되느냐고. 그리고 그때도 회의는 침묵으로 대답했다.

그러니 이번에도 그 결과는 크게 다르지 않을 것이다.

"뭐, 상관없지."

황태자는 고개를 저었다.

어차피 지금에 와서는 이현 개인의 무위는 중요하지 않다.

"무당신마가 자신의 세력을 구축했다. 과거 혈천신마와 같이. 이제 함부로 건드리지는 못한다."

온전히 무당신마의 명령에 의해 움직이는 세력.

그 세력의 존재가 있고 없고의 차이는 크다. 적어도 이제는 섣부르게 건드려서는 안 될 존재가 되어 버렸다.

"이렇게 된 이상 반드시 혜광을 찾아야 한다. 찾아내라."

"……예!"

황태자의 명령에 회의는 읍했다.

"찾아내면 죽여라. 찾지 못하면…… 그땐 네가 죽는다."

"……예."

무리한 명령임을 황태자도 알고 있다.

한번 모습을 감춘 혜광의 행적은 여전히 찾기 어려웠다. 그러니 이제 와 찾는다고 쉽사리 찾아질 리 만무했다. 그럼에도 찾아야 한다.

이제 반드시 혜광을 찾아 죽여야 할 이유가 생겼으니까.

"광도가 무당신마와 손을 잡으면 힘들어진다."

"예."

"가 보도록."

황태자의 축객령에 회의는 말없이 고개를 꾸벅 숙이고 돌아섰다.

그때였다.

"아! 잠깐."

돌아서는 회의를 보던 황태자가 다시 그를 불러 세웠다.

황태자는 웃었다.

"오왕이 죽기 전에 지원 요청 같은 건 없었나?"

이번에는 입뿐만 아니라, 웃지 않던 눈까지 웃고 있었다. 황태자는 그 웃는 눈으로 회의의 두 눈을 가만히 응시하며 대답을 독촉했다.

"……없었습니다. 무당신마가 중간에 차단한 것으로 추정하고 있습니다."

회의의 대답에 황태자는 고개를 끄덕였다.

"그렇군! 무당신마가 재주가 좋아. 사도련을 접수하고 오왕부를 치는 와중에 정보까지 차단하고 말이야. 안 그런가?"

순간 회의를 응시하는 황태자의 두 눈이 반짝였다.

"……예."

회의는 답했다.

여전히 예의 무표정한 얼굴이었다.

　　　　*　　　　*　　　　*

　무린. 전임 사도련주와 그의 부인이 떠났다. 이현은 이참에 청화도 함께 맡길 심산이었다. 그러나 청화가 거절했다.

　울며불며 땡깡을 부리는 청화를 도저히 막을 수가 없었다.

　심지어 사도련주 내외가 떠나던 날에는 혹여나 함께 떠나게 되는 건 아닌가 싶어 꽁꽁 숨어 버려 어디로 갔는지 찾을 수도 없을 정도였다.

　그렇게 악착같이 사도련에 남은 청화는.

　"아! 바쁘다! 바빠!"

　바빴다. 아주 많이.

　"응?"

　급히 걸음을 옮기던 청화가 담벼락 모퉁이에서 문득 걸음을 멈추었다.

　"헤헷!"

　그러고는 작은 웃음을 지으며 발소리를 죽였다.

　무당파에서 배운 신법까지 펼친 청화는 고양이처럼 살금살금 걸어가서는 벽 모퉁이 옆에 바짝 몸을 붙였다.

　그러자 청화의 귓가로 목소리가 들려왔다.

　"어머! 아직도야? 정말 웃겨!"

　"누가 아니라니. 무림 고수가 무좀이라니! 누가 그 사실을 믿겠어?"

시비들의 목소리다.

자신들끼리 몰래 숨어 소곤소곤하는 이야기였지만, 이미 청화는 다 들은 마당이다.

그리고.

"정말예요? 누구? 누가 무좀이에요?"

청화는 기다렸다는 시비들에게 모습을 드러냈다.

무공을 모르는 시비들에게는 기척을 숨기고 있다가 나타난 청화가 귀신이나 다를 바 없었다.

"에구머니나!"

"죄, 죄송합니다! 죽을죄를 지었어요."

시비들이 놀란 목소리와 함께 이내 무릎을 꿇으며 죄를 청했다.

그녀들이 말한 무림 고수.

당연히 사도련에 속한 무인이다. 한낱 시비들이 입에 올리고 흉까지 볼 수 있는 신분이 아니었다.

재수 없으면 그 자리에서 목숨을 잃어도 누구 하나 무어라 할 사람이 없다.

창백해진 얼굴로 용서를 구하는 시비들의 모습에 청화는 고개를 저었다.

"아이참! 누구냐니까요? 누가 무좀에 걸렸어요?"

반짝! 반짝!

청화의 관심사는 시녀들이 저지른 죄가 아니었다. 오로지 무좀으로 남몰래 고생하는 고수의 정체였다.

*　　*　　*

사도련주와 그의 부인이 떠나기 전날 밤.

청화는 그날 사도련주의 부인을 찾아왔다.

"저도 언니처럼 할 수 있게 가르쳐 주세요!"

다짜고짜 본론을 꺼냈다. 그만큼 청화는 진지했다. 진지한 나머지 너무 급하게 물어보았다.

"응? 가르쳐 달라니? 그게 무슨 말이야 동생?"

다짜고짜 가르쳐 달라고만 하니 대체 무얼 가르쳐 달라는 것인지 제대로 알아들을 리 없었다.

그제야 청화도 자신의 실수를 인지했다.

"여기 있는 모두들 언니를 좋아하잖아요. 언니가 좋아서 사도련주 아저씨도 좋아하고요."

배신과 모략이 난무하는 사파의 중심인 사도련에서는 오히려 배신과 모략을 찾아보기 힘들다. 사도련에 직접적으로 속한 이들은 오히려 더욱 단단하게 결속되어 있었다.

청화는 그것이 그녀 때문이라 여겼다.

사도련의 모든 이들은 사도련주를 두려워한다. 심약한 시
비들은 그의 차가운 얼굴을 마주하는 것만으로도 얼굴이 하
얗게 질릴 정도다.

그러나 그의 부인은 아니다.

모두들 그의 부인을 존중하고 존경한다. 그리고 따른다.
그런 그녀가 존재하기에 그 존중과 존경이 사도련주에게도
향하고 있는 것이다.

"그러니까 가르쳐 주세요. 우리 사질은 할 줄 아는 건 싸움
밖에 없어서 누구 챙겨 주고 하는 건 못 하거든요. 그러니까
어쩌겠어요? 착한 제가 대신 해 줘야죠."

이제 이현이 사도련주다.

지금까지 사도련을 이끌어 온 무린보다 사람을 잘 챙기고
이끈다고는 할 수 없는 인물이다. 그러니 그 역할을 대신해 줘
야 한다. 지금껏 무린의 부인이 해 왔던 일.

청화는 그 일을 자신이 하고자 했다.

그 마음을 알았음일까.

그녀는 옅게 웃었다.

"모두가 나를 좋아해 줬다고 하니 고맙구나. 하지만 어쩌
지? 나는 정말 아무것도 가르쳐 줄 것이 없는데?"

"작은 것이라도 괜찮아요."

눈을 반짝이는 청화의 재촉에 그녀는 한참을 곰곰이 기억

을 떠올린 다음에야 대답을 들려주었다.

"음…… 스스로 먼저 타인을 존중하고 존경해 주어야 하지 않을까? 그리고……."

"그리고요?"

"시비들이 하는 이야기를 귀담아 들어 보렴. 비록 드러나진 않지만 사도련을 위해 사소하지만 꼭 필요한 일들을 해 주는 고마운 이들이란다. 그래서 사도련에 속한 식구들에 대해 크고 작은 이야기들을 많이 알고 있지."

눈이 보이지 않았던, 걸을 수도 없었던 사도련의 안주인.

그런 그녀이기에 더욱더 귀 기울일 수 있었던 이야기다. 그리고 그렇기에 청화에게 이런 조언을 해 줄 수 있는 것이었다.

"시비들끼리 하는 이야기에 귀 기울이라고요? 알았어요! 그럴게요!"

그녀의 조언에 청화는 한껏 웃으며 고개를 끄덕였다.

그리고 전임 사도련주 내외가 떠난 다음날부터.

청화는 오로지 시비들이 하는 이야기를 엿듣는 일에 집중하고 있었다.

바로 좀 전처럼.

*　　*　　*

결과적으로 말하자면 조언은 아주 적절했다.

그녀의 말처럼 시비들은 청화가 생각했던 것 이상으로 많은 것을 알고 있었다. 아주 사소한 일부터 어떻게 이런 비밀을 알고 있을까 싶을 만큼 커다란 일까지 모르는 것이 없다.

그 모든 이야기들을 몰래 엿듣고, 혹은 대놓고 물어보면서 접수한 청화는 행동했다.

그 첫 번째가 무좀 걸린 고수였다.

좌아아악!

"자! 씻으세요!"

"서, 선자님!"

사도진검대의 오 대장 우차번은 다짜고짜 찾아와 신발부터 벗기고 물을 뿌려 대는 청화 때문에 죽을 맛이었다.

어디서 들었는지 무좀을 앓고 있다는 사실을 알아 낸 청화의 요구는 간단했다.

"씻으라니까요?"

발부터 깨끗하게 씻으란다.

쥐방울만 한 것이 허리에 손을 척 올리고 그렇게 요구하고 있으니 솔직히 당황스러웠다.

그럼에도 어쩔 수 없는 것은.

"안 그러면 사질한테 이를 거예요?"

청화의 사질이 무당신마 이현. 즉 현 사도련주라는 이유 탓이다.

청화는 몰라도 성격 더럽기로는 정평이 난 이현은 무섭다.

"아, 알겠습니다."

그러니 따를 수밖에 없다.

결국 우차번은 청화가 가지고 온 연갈색을 띄는 냉수 한 동이를 다 쓰도록 **빡빡** 발을 씻어 대야 했다.

사실, 무좀이라는 것은 무림인의 직업병과 같다.

몇몇 특정 문파의 제자들을 제외한다면 온갖 암기와 기형 병기가 난무하는 무림에서 두꺼운 가죽신은 필수였다.

한여름에도 더운 가죽신을 신어야 하는 데다가, 통풍도 제대로 되지 않는다. 거기에 수련으로 흘린 땀까지 더해지면 무좀이 걸리지 않으려야 걸리지 않을 수가 없는 환경이다.

단지 체면 때문에 그간 숨겨 왔던 남모를 병이었을 뿐 심각한 것도 아니다.

"의원님께 부탁해서 만든 약물이에요. 이게 무좀에 좋대요!"

그런데도 청화는 이렇게 요란을 떨어 대고 있었다.

"그, 그렇습니까?"

"다 씻으셨어요?"

"예. 다 씻었습니다!"

"그럼 이제 말려요!"

그것도 모자라 이제 말리란다.

"잘 말려야 해요. 제대로 안 말리고 또 신발 신으면 무좀이 재발한다고 했어요. 평소에도 가끔씩 신발 벗어서 통풍시켜 주시는 것 잊지 말고요! 아! 그리고 신발은 꼭 자주 빨아야 하는 것 명심하시고요!"

훤한 대낮에. 그것도 직장인 사도련 한가운데에서 맨 발바닥을 훤히 드러내고 앉아 있는 우차번의 귓가로 청화의 잔소리가 쉴 새 없이 내리꽂혔다.

이따금씩 지나가면서 흘깃거리는 시비들의 시선과, 휘하 대원들의 킥킥거림에 창피해서 얼굴도 들지 못할 지경이다.

우차번은 그저 지금 이 순간이 빨리 지나갔으면 하는 바람뿐이었다.

고난 끝에 그 바람은 이루어졌다.

"꼭 잘 말리고 신으셔야 해요? 저 없다고 대충 다시 신발 신으시면 안 돼요?"

"예. 예! 알겠습니다. 선자님!"

"그럼 저는 이만 가 볼게요."

청화가 놓아 주었다. 귓가로 쏟아지는 잔소리는 도대체가 머리에 들어오지 않더니, 이제 그만 가 보겠다는 그 말만큼은 아주 제대로 쏙쏙 들어와 박힌다.

"예! 그러십시오! 꼭 제대로 말리고 신겠습니다!"

"꼭 무좀 나으셔야 해요? 안 그러면 저 또 올 거예요!"

"아, 알겠습니다."

청화의 신신당부에 급히 고개를 끄덕였다.

진심이었다.

창피는 한 번이면 족하다.

오늘부터라도 무림인의 고질병인 무좀 탈출에 성공하지 못하면, 또다시 사람들 다 보는 곳에서 훤히 발바닥 드러내고 청화에게 잔소리 듣는 경험을 하게 될 테니까.

"진짜죠? 약속했어요? 그럼 저는 이만 바빠서 먼저 가 볼게요. 초전파검대에 있는 아저씨가 어제 실연당했대요. 위로해 줘야 돼요."

몇 번이나 신신당부를 한 청화는 그제야 발길을 돌렸다.

"아! 바쁘다 바빠!"

신법까지 펼쳐 가며 멀어지는 것을 보면 바쁘긴 확실히 바쁜 모양이었다.

"……."

그렇게 한바탕 폭풍이 지나갔다.

멍하니 멀어져 가는 청화의 뒷모습을 가만히 바라보던 우차번은 그제야 찾아드는 의문에 고개를 갸웃거렸다.

"선자님이 갑자기 왜 저러시지?"

청화가 활달한 성격인 것은 진즉 알았지만, 그렇다고 지금껏 사도련의 무사들과 각별한 교류가 있었던 것은 아니다. 그저 오가며 인사나 하고, 말이나 몇 번 섞어 본 것이 전부다.

그런데 언제 알았는지 일개 무사가 앓고 있는 무좀을 고치겠다고 나선다. 그것도 모자라 이제는 실연을 직접 위로해 주겠다고까지 한다.

사도련주 씩이나 되는 이현을 사질로 둔 청화가 왜 굳이 이런 사소한 일들을 신경 쓰는지 우차번은 도무지 감이 잡히지 않았다.

그리고 두 시진 뒤.

결국 궁금증을 참지 못한 우차번은 초전파검대의 연무장을 찾았다.

"오늘 여기 선자님이 찾아온 자 있나?"

"저, 접니다만?"

우차번의 물음에 젊은 무사 하나가 손을 번쩍 들며 앞으로 걸어 나왔다.

훤칠한 키에 균형 잡힌 체격. 다만, 코 옆에 크게 난 점이 아쉬운 사내였다.

'이자가 선자께서 말하신 실연당했다던 자군.'

그를 마주한 우차번은 청화가 했던 말을 떠올렸다.

그리고 물었다.

"선자께서 무어라 하셨나?"

그 물음에 젊은 무사가 머리를 긁적이며 답했다.

"별말 하지 않으셨습니다. 그저 세상에 여자는 많다고……
인연이 되면 다 맺어지게 되어 있으니, 힘내라고…… 그리
고……."

"그리고?"

"당과를 주셨습니다."

"당과? 선자께서 왜 당과를 주었나?"

갑작스럽게 튀어나온 당과의 존재가 우차번의 관심을 끌었
다.

우차번이 알기로 청화는 분명 눈앞의 실연당한 사내를 위
로하고자 했다. 그것과 당과가 대체 무슨 연관인지 도무지 알
수 없었다.

그러고 보니 먼저 무좀 때문에 찾아 왔을 때도 청화는 빈
손이 아니었다. 의원이 처방해 주었다던 약물을 한 동이 갖고
왔었다.

'혹시 마약이나, 고독일지도 모른다.'

이현이 사도련주의 자리에 오른 건 갑작스럽게 일어난 일이
다.

아직 혼란이 남아 있었다. 분위기도 어수선할 수밖에 없었
고, 황실과의 전쟁까지 준비하는 마당이다.

어쩌면 어린 청화를 이용해 비밀리에 제약을 걸려는 것일

수도 있다.

고독이나 마약 같은 것들을 이용해서 명령을 따를 수밖에 없도록 하는 것.

무림에서는. 특히 사파와 마교에서는 종종 일어나는 일이었다.

그런 우차번의 물음에 젊은 무사는 고개를 저었다.

"모르겠습니다. 그저 우울할 때는 당과가 최고라 하셨습니다. 당과 먹으면 행복해진다고."

"행복해진다고?"

"예. 분명 그렇게 말씀하셨습니다."

젊은 무사의 대답에 우차곤의 미간에 주름이 졌다.

행복해진다니. 복용하면 기분이 좋아진다고 착각하게 만드는 것들이 있다.

그러고 보니 약물에 발을 씻고 말릴 때도.

아주 잠시. 아주 잠시였지만 기분이 좋았던 것 같기도 하다.

'역시 마약이었는가?'

*　　*　　*

우차번의 오해에도 불구하고 청화는 하루하루를 바쁘게

움직였다.

음식을 잘못 먹고 배탈이 난 이를 의방으로 끌고 가기도 하고, 최근에 자식을 본 무사의 집에 선물을 보내기도 했다.

일이 크건 작건 가리지 않았다.

더불어 상대가 사도련의 무사든, 한낱 시비나, 가끔 들르는 외부 인사든 상관하지 않았다.

그저 자신이 챙기고 관심을 가질 수 있는 한 모두를 챙겼다.

갑작스러운 청화의 돌발 행동에 모두들 처음에는 적잖이 놀라면서, 우차번과 같은 오해를 하기도 했지만 그것도 잠시일 뿐이었다.

놀라움이 걷히고, 오해가 풀린 뒤.

어수선했던 사도련의 분위기는 서서히 안정을 되찾아가기 시작했다.

그럼에도 청화는 멈추지 않았다.

"사질아!"

할 수만 있다면 수단과 방법을 가리지 않고.

"쥐똥 같은 년이! 누가 네 사질이야? 나 무당파 나왔거든?"

필요하다면 지금처럼 이현의 힘을 적극 동원해서라도.

"치! 한번 사질은 영원한 사질이다 뭐?"

신경질적인 이현의 반응에도 청화는 그런 것에 전혀 신경 쓰지 않았다.

이따금씩 찾아와서 시시콜콜한 것들을 요구하는 청화에게
시달리는 이현도 이현이었지만, 그럴 때 마다 짜증을 내는 이
현을 상대한 청화도 이미 이력이 날 대로 나 있었다.

"나 부탁 좀 들어줘!"

"또 뭐? 들어줬잖아! 어제 혼인하는 놈한테 축의금도 보냈
고, 선물도 보냈고! 돼지도 한 마리 보냈는데 또 무슨 부탁!"

"약재가 필요해."

"무슨 약재?"

"해구신!"

"……."

청화의 입에서 튀어나온 해구신이라는 단어에 이현은 순간
말을 잃었다.

해구신.

물개의 그것.

다른 사람은 몰라도 청화의 입에서 나올 만한 약재는 아니
었다.

"의원님이 그러시는데 해구신이 필요하대! 근데 의방에 그
동안 모아 놓았던 해구신은 사도련주 아저씨가 다 먹어서 이
제 없대. 그러니까 네가 구해 줘!"

"……."

중이 고기 맛을 알면 절간에 빈대가 남아나지 않는다고, 뒤늦게 성에 눈뜬 사도련주다 보니 해구신을 동나게 했다는 것쯤은 충분히 이해할 수 있다.

다만.

"그러니까 그게 대체 너한테 왜 필요한데?"

사도련주. 아니, 하다못해 호설귀까지도 인정해 준다. 그러나 다른 사람은 몰라도 청화에게만큼은 절대 필요한 물건이 아니다.

"저저번 달에 혼인한 무사분이 있는데, 의원님이 그분 병 고치는 데 필요하댔어."

역시 청화에게 필요한 물건은 아니었다.

"무슨 병인데?"

그래도 혹시나 해서 물었다.

의원이 말한 것이니 적어도 이현이 알고 있는 그것은 아니리라 생각하면서도 혹시나. 아주 혹시나 해서.

그런데.

"발기부전!"

"뭐, 뭔, 부전?"

그 혹시나가 맞았다.

이현이 익히 알고 있는 해구신의 대표적인 효능.

"이놈의 의원 놈을!"

다른 사람도 아니고 청화에게 그딴 병명을 아무렇지 않게 이야기한 의원을 가만히 내버려 둘 리 없었다.

쓸데없는 입을 놀린 의원 놈을 족치기 위해 이현이 벌떡 자리를 박차고 일어났다.

그러나 그보다 먼저 넘어야 할 난관이 있었다.

"아이참! 일단 해구신부터 구해 달라니까?"

청화였다.

"그 아저씨 병 때문에 오늘 아침에도 토끼풀만 식탁에 올라왔대. 부인이 매일 싫어한대!"

"누가 그딴 말을 해!"

"그건 비밀!"

이현은 자꾸 쓸데없는 말만 주워듣고 오는 청화가 이해되지 않았다. 아니, 그보다 청화에게 그딴 말을 하는 인간들의 머릿속이 궁금했다.

"해구신 구해 줘! 나 해구신 필요하단 말이야!"

그러거나 말거나 청화는 주구장창 해구신 타령이다.

"너 그게 뭔지나 아냐?"

"응? 약재 아니야?"

순진하게 고개를 가로젓는 청화의 모습이 이젠 어처구니없을 지경이다.

의원 목 딸 기분도 다 달아나 버렸다.

그래서 허탈하게 고개를 끄덕였다.

"그래. 옥분이한테 구하라고 할게. 됐냐?"

애랑 해구신으로 무슨 말을 더 하겠는가. 괜히 해구신 타령 더 하기 전에 그냥 들어주는 쪽이 속 편했다.

어차피 구하는 거야 시키면 그만이니, 어려울 것도 없었으니까.

"헤헷! 고마워!"

그제야 청화도 웃었다.

"이제 아저씨 치료할 수 있겠다!"

해구신의 정체가 뭔지도 모르고 그저 웃는 청화의 모습은 행복해 보였다.

"그렇게 좋냐?"

"그럼 좋지! 이제 아저씨 도울 수 있게 되었잖아!"

"호구냐?"

"이씨! 호구 아니거든? 그냥 네가 이제 여기 주인이잖아. 그러니까 여기 있는 사람들이 행복해지고, 기분 좋아지면 널 더 많이 도와줄 수 있잖아!"

유치한 논리다.

그 유치한 생각 때문에 청화가 종일 사도련 내를 빨빨거리며 돌아다닌다는 건 알고 있다. 피곤하기도 하련만 좀처럼 쉬는 법이 없다.

남에게 신경 쓰는 이현이 아니었지만, 가끔씩 옥분이나 정만 혹은 호설귀를 통해서 전해 듣고는 있었다.

"그게 호구야 이년아!"

이현은 청화의 이마에 꿀밤을 먹였다.

"악! 이씨! 아프다고!"

청화가 눈을 흘겼지만, 그런 건 신경 쓸 성격의 이현이 아니었다.

"아무튼 나 간다! 일 잘해!"

기어이 해구신을 획득한 청화는 그제야 볼일이 끝났다는 듯 이현의 집무실을 나섰다.

그때였다.

청화의 뒷모습을 바라보던 이현이 툭 하고 질문을 던졌다.

"근데 너 왜 안 갔냐? 여기 있으면 심심하잖아. 이제 놀아 줄 사람도 없고."

사도련주와 그의 부인을 따라가라고 했다.

그편이 안전하니까. 더불어 청화에게 좋은 환경이기도 하고.

그럼에도 청화는 바락바락 우겨 가며 기어이 이곳에 남았다. 그러고는 시키지도 않은 일들을 도맡아서 하고 있다.

사실 내내 궁금했다.

"내가 가면 너 심심하잖아! 그리고 내가 사형 대신 너 챙겨

야지! 내가 어른이니까!"

그리고 그 물음에 청화가 싱긋 웃으며 답했다.

       *   *   *

청화의 노력 탓이었을까.

어수선하고 긴장이 감돌았던 사도련 내의 분위기가 정돈되기 시작했다.

처음에는 청화의 행동들이 자아낸 크고 작은 오해와 의문들은 시간이 지날수록 하나둘 사라져 갔다.

덕분에 분위기도 한결 훈훈해졌고.

"예상치 못한 성과입니다. 이대로라면 순조롭게 정비를 마칠 수 있겠지요."

"쥐똥만 한 게 그래도 마냥 호구는 아니었나 보네."

옥부의 보고에 이현은 순순히 고개를 끄덕였다.

사도련을 수습하는 일이 생각보다 빠르게 진행되고 있었다.

전부 청화의 덕이라고는 할 수 없지만, 그래도 비중이 아주 없는 건 아니다.

뭐, 없는 것 보단 나았으니까.

"예. 선자께서 많이 수고해 주신 덕분이십니다."

옥분도 고개를 끄덕였다.

그리고.

"때문에 생각해 본 건데 말입니다."

"뭐가?"

"이참에 휘하 문파에도 적용해 보는 것이 어떻겠습니까?"

"휘하 문파라면? 사파 애들? 거기에 청화를 보내라고? 왜? 또 뒤통수가 간질간질해? 처맞고 싶어?"

전임 사도련주도 절대 신임하지 않았던 이들이 휘하의 문파들이다.

청화를 보내 놨다가 인질로 삼고 배신하기라도 하면 또 귀찮아진다. 이미 오왕에게 당한 적이 있지 않은가.

그런 이현의 지적에 옥분이 고개를 가로저었다.

"아닙니다. 선자를 보낼 수는 없는 노릇이지요."

옥분도 청화를 보낼 생각은 없었다.

지금껏 이현의 힘을 앞세워 조직을 장악하고 통제해 왔었다. 그러다 보니 옥분 또한 그것에 익숙해져 있었고.

그런데 이번에 청화가 힘이 아닌 전혀 다른 방법을 보여 주었다.

힘이 아닌 심리적인 부분을 자극했다. 그리고 나름의 성과를 이루었다.

옥분은 그것을 이용하고 싶을 뿐이지, 청화를 이용하고 싶은 생각은 없었다.

무엇보다.

"보낼 만한 사람이 있지 않습니까."

"보낼 만한 사람? 누구? 정만?"

"아니요. 그 무식한 산적 말고요."

"그럼 누구?"

"있지 않습니까. 존재 자체로 없던 동기를 만들어 내고, 사기를 충천시키는 사람."

"⋯⋯아!"

그제야 이현도 옥분이 누구를 이야기하는지 알 수 있었다.

이현의 반응에 옥분이 고개를 끄덕였다.

"예! 장한곤입니다. 해서 현재 외부에 파견 나가 있는 장한곤을 복귀시키는 건 어떠신지 건의드리는 겁니다."

"흠⋯⋯! 그 늙은이는? 아직 소식 없어?"

옥분의 건의에 이현은 신음을 삼키다가 다시 질문했다.

현재 장한곤은 혜광을 찾는 일에 투입되어 있었다. 특유의 친화력을 이용하기 위해서이기도 했고, 이현이 원해서이기도 했다.

이현은 존재만으로도 일을 크게 만드는 데 타고난 능력을 가진 장한곤을 옆에 두길 원치 않았으니까.

이미 수로채를 칠 때 겪어 보지 않았던가.

그러나 이젠 장한곤의 그 타고난 능력이 필요할 때가 되었다.

그러나 아직 혜광의 존재를 찾지 못했다는 것이 못내 마음에 걸린다.

그런 이현의 물음에 옥분이 작게 고개를 끄덕였다.

"예. 아직 아무런 소식도 없습니다. 간저패도 마찬가지고요."

아무리 찾아도 없다.

어쩌면 중원에 없을지도 모른다. 과거 혈천신마 때 신강에서 만난 혜광처럼.

지금 생각해 보면 그때 어쩌면 혜광은 중원을 떠나고 있었는지도 모른다. 그러다가 재수 없게 마주친 것이고.

"……좋아. 복귀하라고 해."

잠시의 고민 끝에 고개를 끄덕였다.

그때였다.

"부련…… 아니, 련주님!"

정만이 문을 벌컥 열고 들어섰다.

다급히 문을 열고 들어온 정만의 얼굴은 붉게 상기되어 있었다.

"찾았답니다! 혜광. 아니, 련주님의 사숙조분 말입니다! 장한곤이 기어이 찾아냈다고 합니다!"

그렇게 찾을 땐 코빼기도 뵈지 않던 혜광이다. 그런데 막상 포기하려 할 때가 되니 다시 모습을 드러내었다.

*　　　*　　　*

이현이 찾던 혜광은 무당산에서 그리 멀리 떨어지지 않은 홍산의 작은 마을. 소홍촌의 낡은 다리 밑에 머물고 있었다.

"할아버지……!"

짐을 챙기고 일어선 혜광의 주위를 둘러싼 것은 십대 초반의 어린아이들이었다.

낡은 옷차림과는 별개로 잘 먹고 잘 씻었는지 윤기가 도는 얼굴을 한 아이들은 금방이라도 울음을 터트릴 것처럼 울상을 짓고 있었다.

그리고 그 사이에 유독 주위 아이들보다 머리 두 개는 더 큰 아이가 있었다. 아니, 아이라기보다는 이제 사내라고 불러야 할 나이쯤 되어 보였다.

"영감……!"

그 사내가 혜광을 아련하게 바라보았다.

"쯧쯧쯧! 뭘 그리 곧 죽을 사람처럼 하고 있어! 어서 눈물 뚝 그치지 못하겠느냐!"

울먹이는 아이들의 반응에도 혜광의 까랑까랑한 목소리는

여전했다.

"영감 진짜 가는 거야?"

"맞아! 할아버지 진짜 가는 거예요?"

"가지 말아요! 우리랑 여기서 살아요!"

아이들이 혜광을 붙잡고 늘어졌다. 그간 정이 든 모양이다. 혜광은 너털웃음을 지었다.

"끌끌끌! 예끼! 뭐 좋은 곳이라고 여기서 같이 살자고 하느냐! 네놈들은 나까지 거지로 만들 생각이더냐?"

"칫! 지금껏 그 거지 밥 얻어먹었으면서?"

"이놈이! 내가 어디 공으로 얻어먹었더냐? 셈은 치르지 않았느냐!"

"그깟 글 몇 자 가르쳐 줬다고 유세는!"

어린아이들 사이에서 유독 큰 키를 자랑하는 사내의 투덜거림에 혜광의 눈썹이 역 팔자로 휘었다.

어찌 된 것이 첫 만남 때부터 한 마디도 지는 법이 없다.

"이놈아! 광덕아! 자고로 세상 살아가는데 눈탱이 안 맞고 살려면 갖추어야 할 것이 몇 가지가 있다. 그것이 지덕체(智德體)다. 덕만 갖추면 호구가 되는 것이고, 지만 갖추면 샌님 소리 듣는 것이며……!"

"체만 갖추면 파락호 양아치 소리 듣는다고?"

"그렇지! 네놈은 기본적으로 덕과 체는 갖추었으니 내가 부족한 지를 채워 준 것이다. 이 험한 세상에서 어린 동생들 건사하려거든 네놈부터 사람 구실하고 살아야 할 것 아니더냐!"

"그래 봐야 천자문이지!"

꼬박꼬박 말대꾸다.

그것도 반말로.

무당파였다면 대번에 주먹을 내다 꽂았겠지만, 이곳은 무당파가 아니었다. 하물며, 그간 얻어먹은 밥도 있지 않은가.

"잔 말 말거라! 그깟 천자문 하나 제대로 못 외워서 한참 붙잡고 있던 놈이 할 소리더냐!"

그러니 애먼 목소리만 높일 수밖에.

"잘 지내거라."

인사를 끝으로 혜광은 다리 밑을 떠났다.

"할아버지 가지마!"

아이들이 울며 붙잡았지만, 혜광은 끝끝내 그 고사리 같은 손들을 뿌리쳤다.

"서로 갈 길이 다른 것을 어찌할꼬."

서로 갈 길이 다르고, 서로 머물 곳이 다르다. 짊어 진 것도 다르다. 그러니 언제고 같이 있을 수만은 없다. 그것은 서로에게 폐만 될 뿐이다.

그렇게 아이들의 손길을 뿌리치고 길을 나선 혜광이 마을 어귀를 지났을 무렵이다.

"이제 오셨습니까?"

장한곤이 공손하게 허리를 숙이며 혜광을 반겼다.

혜광의 명령에 의해 미리 마을 밖에서 대기하고 있던 장한곤이다.

장한곤의 큰 덩치와, 등에 맨 칼을 보고 어린 아이들이 혹여나 겁을 먹을까 염려한 혜광의 지시였다.

"왜? 늦게 왔다고 비꼬는 게냐?"

그리고 그런 장한곤의 인사에 혜광의 반응이 대번에 바뀌었다.

아이들을 상대할 때와는 전혀 다르다.

"그, 그럴 리야 있겠습니까. 제가 감히!"

여차하면 언제든 주먹을 뻗을 준비가 되어 있다는 듯 작심하고 비꼬아 대는 혜광의 기세에 장한곤은 어색한 웃음을 지으며 자신도 모르게 한 걸음 물러서야만 했다.

그리고 물었다.

"이제 어디로 가실 것입니까?"

그 물음에도 역시나 혜광의 대답은 까칠했다.

"별 시답잖은 것을 묻는구나! 당연히 무당파로 가야 할 것이 아니야! 따라오지 말거라! 귀찮으니! 따라오면 척추를 분질러 줄 것이다!"

살벌한 엄포와 함께 혜광이 길을 나섰다.

"⋯⋯."

그저 한 걸음 한 걸음 옮길 뿐인데도 혜광의 신형은 쭉쭉 앞으로 나아갔다.

장한곤의 모습은 저 멀리 사라져 눈으로 식별할 수도 없을 정도가 되었다.

그때가 되어서야 혜광은 걸음의 속도를 늦추었다.

스윽.

"얼마나 할 수 있겠는가마는."

속도를 늦춘 혜광은 슬쩍 소매를 걷어 고목나무처럼 깡마르고 꺼칠꺼칠한 팔을 쓰다듬었다.

그리고 웃었다.

"어쩌겠는가! 이 모두 내가 짊어진 과업인 것을⋯⋯!"

그리고 그날.

혜광이 무당파로 향하고 있다는 소식이 이현에게 전해졌다.

＊　　＊　　＊

스스로 무당파를 나온 이후 다시 찾은 무당파는 많이 낯설다.

항상 사람들로 붐볐던 등도촌은 무당파의 봉문 이후 많이 한산해진 모습이었다. 군데군데 빈집도 보였다.

그리고 굳게 닫혀 있어야 할 무당파의 산문은 활짝 열려 있었다.

그리고.

"……"

무당파 안으로 들어선 이현을 반긴 것은 여기저기 짙게 남아 있는 혈흔이었다.

온통 피투성이다. 바닥도, 기둥도.

그리고 그 가운데에 혜광이 서 있었다. 피를 뒤집어쓴 상태로.

혜광이 이현을 보며 웃었다.

"끌끌끌! 젊은 놈이 어찌 이리 걸음이 늦을꼬?"

온통 뒤집어쓴 붉은 핏물 때문인지 웃음 속에서 드러난 혜광의 누런 이가 유독 선명하게 눈에 들어왔다.

〈다음 권에 계속〉